講談社文庫

新版

名探偵なんか怖くない

西村京太郎

講談社

岩波文庫

新版
石橋湛山評論集

松尾尊兊編

岩波書店

目次

新版　名探偵なんか怖くない

名探偵たち

1

三島は一寸背伸びして、空港税関を出てくる乗客の中に、エラリー・クイーンの姿を探した。

三島は、この著名なアメリカ人の顔を知っているわけではない。だが、彼の活躍する数多くの事件を読んで、一つのイメージが出来ていた。そのイメージを頼りに探がせば、簡単に見つかると考えて、出迎役を引き受けたのである。

税関の狭い出口から、乗客が次々に吐き出されてくる。国際線だけに各国語が入り乱れてやかましい。陽焼けした顔で、「おお寒い《コールド》！」と、十二月上旬の日本の寒さに肩をすくめているミニの金髪娘は、ハワイから来たアメリカ人でもあるらしい。今日は今年になって初めて雪が降り、東京は薄っすらと雪化粧をしていた。

十四時二十分着のパン・アメリカンで着いた乗客は、次々にタクシーを拾って、東京の街に消えて行くが、それらしい顔は、なかなか見つからなかった。三島は、手帖を取り出して、メモを確めてみたが、この便に間違いはなかった。エラリー・クイーンが、茶目っ気を出して、変装して来日したのかなとも思ったが、日本人の生真面目さも、「ニッポン扇の謎」(The Japanese Fan Mystery) 事件で知っている筈の彼が、来日早々そんなことをするとも思えない。

(どうしたのかな?)

と、くびをひねってから、三島は、自分が重大な間違いをしていることに気がついた。

三島が、作品を通じて知っているエラリー・クイーンは、いつも若々しく颯爽としている。そんなイメージしかないのだが、よく考えてみれば、エラリー・クイーンは一九〇五年生れだから、既に六十五歳、日本流にいえば、還暦を過ぎた老人なのである。

あわてて、イメージを訂正して見廻すと、空港出口のところにあるインフォメーションセンターで、英語版の日本案内書を手に取って眺めている背の高い老人が眼に入った。

オックスフォード・グレーの外套に、ホンブルグ帽をかぶり、ステッキを小脇にかかえている。背の高さは、百八十センチ以上はあり、半白の髪が帽子からのぞいているのを除けば、若々しい身体つきだった。そして、ほっそりした鼻柱の上にのっている鼻眼鏡《パンスネ》。恐らく若い時には、運動選手のような身体つきと、その鼻眼鏡が、ひどくアンバランスに見えたことだろう。

（エラリー・クイーンだ）

と、直感した。近づいて、「失礼ですが」と声をかけた。緊張して、声が少しふるえた。

「ミスター・クイーンじゃありませんか？」

面長の顔と、若々しく輝く眼が、三島を見た。

「イエス」

エラリー・クイーンは、低い声でうなずいた。

「主人の命令でお迎えにあがりました」

と、三島はいった。握手をしたかったが、それでは、名探偵に対してあまりにも馴れ馴れしすぎるような気がしたので、代りに、日本流にお辞儀をした。

「君のご主人は、あの魅力的な手紙をくれたミスター・サトウかね？」

エラリーは、見下すようにして、三島にきいた。

「そうです。佐藤大造です。僕は、彼の秘書というより、あなた方の接待係で三島といいます」

三島は、エラリー・クイーンを、車のところまで案内した。車は、二人を乗せるとすぐ走り出した。

エラリーは、ゆったりとリアシートに背を持たせかけると、シガレットを取り出して火をつけた。

「ニューヨークで受け取った手紙によると、ミスター・サトウは、私のために素晴らしい事件を用意してくれているそうだね」

エラリーは、微笑して、三島を見た。

「あの手紙の文章は、暗記してしまっているよ。最もセンセーショナルで、最も解決困難な事件のために、あなたの力をお借りしたい。私の自尊心を巧妙に擽る文面だった。一体、どんな事件なのかね？」

「存じません。嘘ではありません。明日、皆さんがお集り下さったところで、主人の佐藤大造が、直接お話するそうです」

本当だった。というより、三島は、佐藤大造に傭われて、まだ一週間しかたっていないのである。

一週間前、奇妙な求人広告が新聞に出ていた。それを読んだのが、佐藤大造という得体の知れぬ人物と関係を持つきっかけだった。

〈英・仏両国語に堪能で、推理小説の好きな青年を求む。
勤務期間一年。月給三十万円。勤務期間が短縮された場合も、一年分を支給する。
新宿マンション六〇五号　佐藤大造〉

語学に自信のあった三島は、すぐ、そのマンションに出かけてみた。三十万という月給に魅かれたのか、二十人近い応募者があったが、結局、三島一人が採用された。

佐藤大造は、六十歳くらいの小柄な男で、身体の貧弱な割りに、鋭い眼をしていて、何となく得体の知れないところがあった。採用が決まると、その場で、最初の月給だといって、現金で三十万円を、ポンと払ってくれた。そして、最初に与えられた仕事というのが、近く各国から名探偵が来るから、その接待をしてくれというもので、何のために呼んだかは教えてくれなかった――

「皆さんというと、私の他にも、誰か招待されているのかね？」

エラリーがきいた。

「イギリスからミスター・エルキュール・ポワロ。フランスからは、司法警察を退職されたムッシュー・メグレをお呼びしてあります」

三島が答えると、エラリーは、「ミスター・ポワロに、ムッシュー・メグレだって？」と、大きな声を出した。それから、鼻眼鏡をとって、それで顎のあたりを軽く叩いた。

「すばらしい」

「日本からは、明智小五郎という著名な探偵が、ゲームに参加する筈です」

「ミスター・アケチ？」

エラリーは、一寸、天井のあたりに眼をやってから、

「確か、忍術の達人だったね？」

「忍術ですか？」

三島は、あやふやな声になった。明智小五郎は、忍術が出来ただろうか。「間違いない」と、エラリーは微笑した。

「確かに、ミスター・アケチは、忍術の達人の筈だよ」

エラリーは、自分の記憶力に絶大な自信を持っているようだった。

「君は、あまり、自分の国の探偵のことに詳しくないようだね」

エラリーにいわれて、三島は赧くなった。

「外国の推理小説の方が面白いものですから、どうしても、そちらの方を、多く読むようになってしまうのです」

「今は、どんなものを読んでいるのかね？」

「今読んでいるのは、ロス・マクドナルドの The Goodbye Look（別れの顔）です」

と、三島は、いった。エラリー・クイーンの名をあげようかとも思ったが、それでは、あまりにもわざとらしいと考えて止めたのである。

「ミスター・クイーン。あなたは、ハード・ボイルドを、どう思われます？」

「ハード・ボイルドねえ」

エラリーは肩をすくめた。

「正直にいって、あまり好きではないね。探偵が、自分のセックス・アピールを売り物にしすぎるんでね。本当の探偵というものは、ミスター・アメリカ的な肉体よりも、灰色の脳細胞をこそ自慢すべきだよ」

そのいい方には、自分こそ正しい探偵の生き方なのだという自負心をうかがうことが出来た。

車が、ホテルに着いた。

「明日、改めてお迎えにあがります」

と、三島がいうと、エラリーは、帽子をとって、それをボーイにあずけてから、

「出来れば、時間は午後の方が助かるんだがね。私は、どうも早起きというのが苦手なんだ」

「それはよく承知しております」

三島は、微笑して見せた。

「午後二時にお迎えにあがります」

2

メグレは、部屋に運んで貰った昼食を、ゆっくり平らげながら、パリを発つときに空港で買った「警笛《シフレ》」に、改めて眼を通した。

警笛《シフレ》のゴシップ欄は、センセーショナリズムで有名だが、珍しく穏やかな調子で、「メグレ警部の退職を惜しむ」というタイトルで、メグレの特集をのせていた。文章

は、暖かい調子のものだった。

　この新聞は、もともと、警察に対して風当りが強かった。メグレも、何度となく槍玉にあげられたことがある。

〈パリの中央市場の人足を彷彿させるこの肥大漢は、警察機構全体が、自分を中心に動いていると錯覚しているのではないかと思うほど、尊大である〉

と、書かれたこともある。メグレは確かに百八十センチの身長と、八十キロを超える体重の持主だから、肥大漢といえないこともない。部下のジャンビエ刑事などは、ひどすぎる記事だと息まいたが、メグレ自身は、取り合わず、ただ苦笑しただけである。メグレは、めったに怒らない。その性格は、今も変っていない。

　もっとも、警笛《シフレ》にその記事が出た直後、ジャン・ラデックの事件（「男の首」）が起き、この事件でも、警察に噛みついてきた警笛《シフレ》の編集長に、メグレ流のやり方でガチンとやって以来、不思議に警察に対して好意的になった。メグレを見直したのかも知れない。

〈──メグレ氏ほど、誤解されやすい人物はいないだろう。部下の刑事の中にも、メグレ氏を、扱い難い、非情な上役と考えていた者のいるのを私は知っている。私自身も彼を誤解していた一人であることを、告白せざるを得ない。あの傲慢な、そして、何処となくなげやりな態度から、私は、メグレ氏が、権威ある司法警察の伝統を汚すのではないかと危惧したのだが、今になってみれば、自分の浅い考えに赤面せざるを得ない。メグレ氏の外見の傲慢さや、自嘲的な態度は、全て、内心の優しさのためなのである。人一倍の繊細さと優しさを、氏はそのまま態度にあらわすことに羞恥を感じるのである。これは、詩人的な資質といってもよいであろうし、ある面で、日本のサムライの精神に似ていると見ることも出来よう。われわれは、最も優秀で、同時に、最も人間的な警官を失ったのである。メグレ氏のこれからの──〉

メグレは、警笛《シフレ》をテーブルに置き、愛用のパイプを口にくわえた。過大な讃辞に擽ったさを覚えながら、同時に、警笛《シフレ》の言葉が、自分の心を正しく見抜いていることも認めざるを得なかった。

メグレは、パリ司法警察の警部として、かっかくたる名声を得ながら、ひょっとすると、自分は、警官として不適格な人間ではあるまいかと考えたことが何回かあった。嘘ではない。自分が警察の人間だということ、人間を追いかける狩人だということに、後めたさを感じることが何度かあった。また、メグレは、犯人を憎むことが出来なかった。相手が殺人犯であってもである。あの医学生のジャン・ラデックは、三人の男女を殺した。それでもなお、彼を捕え、絞首台に送ったあと、メグレの心を占めたものは、勝利感とは全く別のものだった。空しい虚脱感と、一人の青年を救い得なかった（それが、メグレの責任でないとしても）ことに対するいらだたしさだった。あの気持は嫌なものだ。

だが、それにもかかわらず、退職した今になってみると、警察官以外の職業についている自分を想像することは難しかった。犯人を憎むことが出来ず、警官の仕事に後めたさのようなものを感じながらも、事件そのものの謎を解くことは好きだったのだろう。だからこそ、今まで警察で働いて来たのだし、日本から送られてきた奇妙な手紙に心を動かされ、こうして、極東の島国までやって来たのである。

メグレは、パイプをくわえたまま立ち上がり、ゆっくり寝室に入って行った。

メグレ夫人は、スーツ・ケースを横に置いて、化粧をしていた。振り向いた夫人の額に、メグレは軽く接吻した。

「そろそろ出かけた方がいいんじゃないか」

と、メグレは、いった。

「確か一時四十分の列車に乗るんだろう？　ひとりで大丈夫かね？」

「大丈夫ですよ。それに、キョウトには、フランスの観光客だって多勢来ているでしょうから、困ったらフランス人を見つけて案内して貰いますよ」

「誰がフランス人かわかるのかね？」

「自分と同じような顔をしている人間を探しますよ」

夫人は、笑った。メグレは、黙ってしまい、傍にあった椅子に馬乗りになって、パイプに煙草を詰めはじめた。確かに、メグレ夫人の顔は、典型的なパリ女の顔だ。メグレ自身は、自分を典型的なフランス人と考えていたが、夫人にいわせると、少し違うらしい。フランス人にしては、少し暗い感じがするというのだ。ベルギー人の血が混っているせいかもしれない。

夫人は、最初、今度の日本旅行に反対していた。退職したあとは、フランス東部に住み、悠々自適の生活を送るのが、彼女の理想だったからである。そこには、メグレの生家も、夫人の実家もある。

それが、急に来ることになったのは、メグレの意志もあるが、最近のパリでの日本ブームのせいもあった。細かい手仕事の好きな夫人は、「日本の夕べ」で見た生け花に夢中になってしまい、急に、日本へ行ってもいいといい出したのである。

「キョウトで、いい火縄式ライターを見つけたら買っておいてくれ」

メグレがいった。

「どうも、最近のマッチは、火つきが悪くてパイプ向きじゃない」

メグレが、やっとパイプに火をつけたとき、電話が鳴った。フロントからで、メグレに、迎えの車が来ていると告げた。

「どうやら、私の方が先に出かけることになりそうだ」

と、メグレは、夫人にいった。

3

エルキュール・ポワロは、ホテルの玄関から、迎えの車に乗り込んだ。迎えに来た日本の青年は、

「ミスター・クイーンと、ムッシュー・メグレは、別の車で、先に行かれました」

と、ポワロにいった。

ポワロは、黙って、小さな身体をリアシートに持たせかけると、鋭い眼で、青年を

一瞥した。初対面の人間に対しても、鋭い視線を投げ、相手の心理分析をするのが、英国で私立探偵を始めてからの癖になってしまっている。いや、これは、ベルギーで警察官をやっていた頃からの癖かも知れない。

この日本の青年は、二十五、六歳だろう。東洋人の年齢は若く見えるから、ひょっとすると三十歳に近いかも知れない。名前は確かミシマといった。変な顔をしているのは、このエルキュール・ポワロの偉大さに対する畏敬の念と、禿げあがった卵形の頭の可笑しさが、彼の胸の中で相克しているからに違いない。ポワロに会った人間は、たいていこんな顔つきをするものだ。若い婦人の中には、無遠慮に笑い出す者もいる。犯人でさえもである。彼等は、エルキュール・ポワロの本当の偉大さと恐しさを知らないのだ。

「わざわざ、遠いイギリスからおいで下さって有難うございます」

三島は、丁寧にいった。彼は、既に、世界の著名な三人の探偵に会ったのだが、このエルキュール・ポワロという小柄な老人が、一番理解しにくい相手に見えた。

エラリー・クイーンにしても、メグレにしても、外見だけで既に魅力的な雰囲気を持っている。だが、このポワロという探偵だけは違う。卵形の頭も、左右にピンとはね上った口ひげも、何となく滑稽だ。それに、ブルーというよりも、緑色に近い眼の色が、一寸薄気味悪い。全体に狷介な感じがする。大変なフェミニストだということだが、これでは、ムード好きの今の女性には、あまりもてないだろう。

「そんなことは、気にせんでいいよ」

ポワロは、眼を細めて、外の景色に眼をやりながらいった。ポワロの英語は、三島のそれより、遥かにブロークンだった。

「私は、旅行が好きだ。それに、あんな魅力的な手紙を受け取れば、地球の果てでも行かざるを得ない。事件あるところに、エルキュール・ポワロありだからね」

「ポワロさんは、事件がお好きなんですか？」

「好きというより、私には、事件が必要なのだ。この意味がわかるかね？」

「マニアということですか？」

「Ma foi《マ・フオア》（いや、いや）」

ポワロは、くびを横にふった。

「それ以上だよ。君は、私がどんな経歴の人間か知っているかね？」

「詳しくは知りません。あなたが、イギリス人でなく、ベルギー人だということぐらいは存じていますが」

「Mais oui《メ・ウィ》（その通り）、私はベルギー人だ。ベルギーでの私の少年時代は貧しいものだった」

ポワロは、言葉を切って、一、二分黙っていた。彼には、自分が何故急に、初対面の日本の青年に、自分の過去を語りたくなったのか不思議だった。東洋の島国に来て、センチメンタルになっているのかも知れない。それとも、やはり、年相応に、過去を懐しむ心境になったのだろうか。事件に対しては、猛烈に活動する彼の灰色の脳細胞も、自己分析となると、途端に活動が鈍くなる。

「私は、ベルギーで警察に入った。そして、国際的な名声を得るまでになった。だが、その後に、危機が待ち受けていた。第一次大戦が始まり、私は、哀れな疲れ果てた避難民として、イギリスに渡った。もし、そのままで終っていたら、私は哀れな難民でしかなかっただろう。ひょっとすると、生活に困って、私自身が犯罪を犯していたかも知れん。だが、その時、私は、一つの事件に巻き込まれ、探偵役を引き受けざるを得ない破目になったのだ。私の面倒を見てくれた婦人が、殺されたからだよ」

「それが、『スタイルズ荘の怪事件』(The Mysterious Affair at Styles)ですね？」

「Mais oui《メ・ウィ》(その通り)、あれは、cause célèbre《コーズ・セレーブル》(大事件)だった」

ポワロは、眼を閉じた。どうやら、ポワロも、過去を懐しむ年齢になったのだ。勿論、ポワロ自身は、まだ十分に若々しい積りでいるのだが。

「私は、それを見事に解決した。その瞬間、私の第二の人生がはじまったのだ。私の人生が、まだ終っていないことに気がついたのだよ。それ以来、私にとって、生きるということと、事件にぶつかりそれを解決することとが同義語になった。これで、私が、マニア以上だといった意味がわかるだろう？」

「おぼろげにはわかります。ただ、僕は、まだ殺人事件に巻き込まれたこともないし、探偵の真似をしたこともありませんから、正確には、わかりませんが」

「君は幸福な人だ」

ポワロのそのいい方は、三島には、皮肉のように聞こえた。三島は、一寸鼻のあたりをこすった。

「僕には、ポワロさんが羨やましいですよ。事件の中に生きているような人生なら、退屈しないですむでしょうからね。それに必ずその事件を解決して、英雄になられるんだから」

「いや、このエルキュール・ポワロでも失敗することはあるよ」

「『三幕の悲劇』（Three-Act Tragedy）事件のことをおっしゃってるんですか？　確かにあの事件で、あなたは途中でミステイクを犯されましたが、最後には、真犯人を発見されているじゃありませんか」

「いやいや。私が失敗したのは、ベルギーの警察時代のことだよ。たった一度の失敗だが」

「そんな昔のことですか」

なあんだというように、三島がくびをすくめると、ポワロは、不興気な顔になって、「Ecoutez《エクテ》, Monsieur《ムッシュー》（聞き給え。君）」と、三島を睨んだ。

「このエルキュール・ポワロにとっては、どんな小さな、どんな古い傷でも、誇りを傷つけるのだ。勿論、今だったらあんな詰らん失敗をやることはないのだが」

「一体、どんな失敗だったんですか？」

「詰らんミスだ。それ以上はいいたくないね」

ポワロは、口をつぐんでしまった。三島の方も、ポワロが、老人特有の気難しい表情になってしまったので、黙ってしまった。

だが、車が、佐藤大造の住むマンションに着き、エレベーターに乗る頃になると、ポワロは、また機嫌がよくなった。どんな事件が待ち構えているか、それを考えると、ポワロの老いた心が、ワクワクしてくるのである。

六階の佐藤大造の部屋は、３ＬＤＫのブロックを二つぶち抜いて特別にインテリアを工夫した大きなものだった。

広い居間には、メグレと、エラリー・クイーンがすでに腰を下し、雑談の花を咲かせていた。

ポワロが入って行くと、二人は立ち上がり、握手を求めてきた。

「この中では、あなたが一番先輩ということになりますね。ムッシュー・ポワロ」

エラリー・クイーンが、ニコニコ笑いながらいった。

「あなたの名声は、アメリカでも、素晴らしいものです。あの気難しい書誌学者のヘイクラフトさえ、あなたのことを、最も偉大な名探偵の一人と賞めちぎっているくらいですから」

「光栄です。ムッシュー・クイーン」

ポワロは、礼をいったが、アメリカ嫌いの彼の態度には、何処となくそっけないところがあった。その代り、メグレを見る時のポワロの眼には、心からの親しみが籠っていた。メグレに会うのは初めてだったし、三人の中では、一番後輩に当るのだが、それにも拘らず、ポワロは、会った途端に、相手の中に、自分に似た資質のようなものを感じたのである。

「ベルギーが、あなたを失ったのは、大きな損失でしたな」

と、メグレは、英語でいった。ポワロは、微笑した。

「ベルギーは、あなたも失っています。ムッシュー・メグレ。恐らく、その方が、より大きな損失だと思いますね」

ポワロにしては、珍しく謙虚な言葉だった。

エラリーが、口笛を吹いて、「Mon Dieu《モン・デュー》（これはこれは）」と、感嘆の声をあげた。

「お二人とも、ベルギーのお生れだったのですね」

「偶然ですよ」

と、メグレは笑ったが、ポワロは、口笛を吹くなんてと、顔をしかめた。どうもアメリカ人というのは気に入らない。何かというと、やたらに口笛を吹くし、金をじゃらつかせる。

エラリー・クイーンの活躍は知っていたし、その頭脳の明晰さに対しては、十分に敬意は払っていたが、それでもなお、好きになれない部分が残るのを、どうしようもなかった。

どうも、この男は、ハッタリが多過ぎると、ポワロは思う。事件の途中で、「読者への挑戦」などと、麗々しく看板をぶら下げるのは、嫌味以外の何ものでもないではないか。このエルキュール・ポワロは、絶対にあんな下らん真似はしない。それに、あの国名をかぶせた一群の事件こそ、アメリカ人のハッタリ性を最もよく示している。「ローマ帽子の謎」(The Roman Hat Mystery) は、永遠の都ローマとは何の関係もなく、「フランス白粉の謎」(The French Powder Mystery) は、フランスと何の関係もないとは呆れたものだ。第一、肝心のイギリスが抜けているというのは、何たることだろう。女王陛下と、シャーロック・ホームズの大英帝国を忘れるとは。

ポワロは、ひと通り頭の中で、エラリー・クイーンの悪口を並べてから、自分を招待した日本人の方に眼をやった。

佐藤大造という老人は、ポワロの想像の中にあった典型的な日本人に見えた。小柄で、貧弱な身体つきだが、眼が鋭く細く、油断のならない男という感じがする。

「さて、ミスター・サトウ」

ポワロは、立派な口ひげをひねりながら話しかけた。

「われわれを待ち受けている魅力的な事件について、話してくれませんか?」

「申しわけありませんが、もう少し待って頂けませんか。ミスター・ポワロ」

佐藤大造は、ゆっくりとした、だが正確なキングズ・イングリッシュでいった。

「実は、もう一人、明智小五郎という日本の探偵を招待してあるのです」

佐藤大造がいったとき、それが合図だったかのように、入口の方でベルが鳴った。

大造は、三人に向って、ニッコリ笑って見せた。

「どうやら、ミスター・明智が来られたようです」

4

三島が、ドアを開けた。

そこに、背の高い老人が立っていた。彫りの深い顔には、細かい皺があったし、老人特有の小さいシミも沢山顔に浮んでいる。何の先入観もなしに相手を見たら、ただの品のいい老人に思えたかも知れない。

だが、明智小五郎だと思って見れば、その皺や小さなシミが、いかにも理智的な風《ふう》丰《ぼう》に似合っているような気がした。髪も、すでに半白になっているが、三島の想像していたとおりのモジャモジャ頭だし、ピッタリと身に合った黒の背広も、いかにもダンディな名探偵らしい装いだった。

「明智小五郎です」

と、老人は、微笑した。その微笑は、翳りのない透明なものだったが、三島は、もし自分が犯罪者だったら、さぞ薄気味悪く感じるだろうなと思った。

三島は、黙って明智を居間に案内した。

佐藤大造が、明智を、エラリーたちに紹介した。

明智は、「お会いできて光栄です」と、三人に向って、きれいな英語で挨拶してから、空いている椅子に腰を下し、長い足を組んだ。

「失礼だが、明智さんは、おいくつにおなりかな？」

大造が、きいた。日本語できいたのは、他の三人には関係のない明智の私事に関することだからだろう。

「もう六十五歳です。いつの間にか老人になってしまいました。過去を懐しむ年齢ですな」

明智は、苦笑した。

三島は、少し離れた椅子に腰を下して、明智小五郎の横顔を眺めていた。六十五歳なら、エラリー・クイーンと丁度同年齢なのだなと思った。二人とも、年よりは遥かに若々しく見える。

明智は、三人の外国の探偵の誰に似ているだろうか。ポワロほど異様で、狷介な感じはしない。メグレほど重厚でもない。メグレに比べると軽快な感じだ。だが、エラリー・クイーンのようなアメリカ的な明るさでもない。エラリーに比べれば、厳しい感じがする。

強いていえば、もう故人になったシャーロック・ホームズに似ているのではないかと、三島は思った。この三人の誰よりも、イギリス的な感じがする。

「そんなお年とは驚きましたな」

佐藤大造は、本当に驚いたような表情をした。

「わたしが、明智さんの素晴らしい才能に敬服させられたのは、『化人幻戯』事件の時です。あの時は新聞が連日あなたの活躍を伝えましたからねえ」

「あれは、昭和二十九年の事件です。もう一昔前ですよ」

明智の顔に、遠いところを見るような翳りが走った。

「面白いというより、何か悲しい事件でした。今でも時々、犯人の大河原由美子の美しくて、何処かあどけない顔を思い出すことがありますよ。愛するが故に殺すというのは、悲しい性質《さが》ですからねえ」

「あの事件を新聞で読んで以来、わたしは、女というものが怖くなりましたよ」

大造は、はははははと、俗っぽい笑い声を立てた。

「ところで、あの事件の頃、明智さんの奥さんは、療養されていたんじゃなかったですか?」

大造がきくと、明智の顔が曇った。

「あれからすぐ、妻は亡くなりました」

その時、明智の脳裏に、妻の文代との数々の思い出が、走馬灯のように浮んでは消えた。文代とは、「魔術師」事件で知り合い、「吸血鬼」事件では、一緒に働き、事件が解決したあと結婚式をあげた。だから、妻の思い出は、そのまま、彼が悪漢たちと苦闘した事件の思い出でもあった。勿論、青春の思い出とも結びついている。ある人は、それを幸福だといい、ある人は、不幸だといった。明智自身にも、わからないことだった。名探偵という賞讃の言葉を、光栄に思ったこともあるし、虚名と恥じたこともある。だが、それが真の栄光であれ、空しい虚名であれ、明智には、ああした生き方しか出来なかったことも確かだった。そうした考えを持つ点で、明智には多分に運命論者的なところがあった。もっとも、運命論者的な傾向は、名探偵に共通な性格かも知れなかったが。

「それはどうも――」

大造は、パチパチと眼をしばたいた。

「ひょっとすると、そうではないかと案じていたのです。『化人幻戯』事件以来、あなたほどの名探偵が、殆ど事件に顔を出されませんでしたからね。何か心を傷つけるようなことがおありになったに違いないと推察していたのです。そうだとすると、今日わたしがご招待したのは、ご迷惑ではなかったでしょうか？　もしそうでしたら、深くお詫びしなければなりませんが」

「いやいや。そんなことはありません」

明智は、相手を安心させるように、微笑して見せた。

「妻が亡くなった直後は、何となく、事件にばかり追われていた僕のせいのような気がして、新しい事件に取り組む気力を失ったのは確かですが、妻の七回忌も無事に過ぎましたから、妻も、僕が仕事を始めるのを許してくれるだろうと思います。それに、正直にいいますと、ここにおられるミスター・クイーンたちが、盛んに活躍されているのを見ると、持って生れた野次馬精神が、ムクムク頭をもたげてくるのですよ」

「それを伺って、ほっと致しましたよ」

大造は、胸を撫でおろす仕草をした。エラリー・クイーンは、明智の口から自分の名前がひょいと飛び出したので、「え？」というように、明智の顔を見た。

明智は、今度は鮮やかな英語で、

「あなたが、いつも若々しく活躍しておられるので、羨やましいといったのです」

「いや、そうでもありませんよ」

エラリーは、明智に向って肩をすくめた。

「最近は、老境に入ったと、つくづく思うことがありますよ。三十年近くも前に解決した筈の事件が、本当は解決していなくて、その責任をとらされる破目になったり、ベッド・デテクティヴに類する仕事を面白がるというのは、老境に入った証拠のようなものですからね」

「しかし、ジャック・ザ・リッパーについてのあなたの研究は、なかなか面白く拝見しましたよ」

明智は、自分としては、ジャック・ザ・リッパーは、どうも女性のような気がしてならないともいった。エラリーは、その説を面白がって、あなたも正式に切り裂きジャックの研究をしてみませんかと、明智をけしかけた。が、三島の一番近くにいたポワロは、

「イギリスで起きた犯罪を、アメリカ人に解けるわけがない」

と、呟いた。かなり大きな声だったので、三島はひやりとしたが、幸いエラリー・クイーンには聞こえなかったらしかった。

メグレは、黙ってパイプの掃除をしていた。

「では、そろそろ、皆さんに解決をお願いする事件のことをお話ししましょう」

佐藤大造が、改まった口調でいい、皆の顔を見廻した。

奇妙な提案

1

「事実は小説より奇なりといいますが、この事件が、まさにそれなのです」

大造は、ひどく陳腐な話の切り出し方をした。

三島は、教養ある四人の名探偵を前にして、下手なことをいうものだとハラハラしたが、案の定、明智は苦笑し、メグレとエラリーは、小さく肩をすくめた。それでも、この三人は黙っていたが、エルキュール・ポワロは、我慢ができなかったらしく、大袈裟に手を広げると、

「何という深遠な言葉！　ムッシュー・サトウは、大変な思索家でいらっしゃる」

と、いった。

痛烈な皮肉だったが、残念なことに、佐藤大造には、それが通じなかったようだった。大造は、ニヤッと笑っただけで、平気で話を続けたからである。

「一九六八年十二月十日の朝、ある会社のボーナス三億円が、銀行から会社へ運ばれる途中、警官に変装した若い男によって、あっという間に奪いさられてしまったのです。アメリカドルにして約八十三万ドルです」

「八十三万ドル！」

エラリーが、口笛を吹いた。ポワロは、またブツブツ文句をいった。どうしてアメリカ人というのは、こうやたらに口笛を吹きたがるのだろう。

三島は、呆気にとられて、佐藤大造の顔を眺めていた。

あの三億円事件を、四人の名探偵に解決させようというのだろうか。確かに企画としては面白いが、この事件は、彼等が今までに手がけて来た事件とは、次元が違うのだ。四人が活躍した数々の事件は、全て、一定のルールの下《もと》に起きた事件である。だが、三億円事件には、このルールがない。犯人が、限定された人数の中に必ず入っているというルールである。現に、三億円事件では、一万三千人を越す容疑者が調べられ、まだ犯人は逮捕されていないのである。これでは、いかに名探偵といえども、せいぜい、犯人の性格や職業を推理するぐらいしか出来ないだろうし、その種のことは、既に日本の心理学者たちがやってしまったことである。第一、四人が、三億円事件を引き受けるかどうかもわからない。

三島のそうした心配など、どこ吹く風といった顔で、大造は、どんどん話を進めていった。四人の探偵が、この事件に興味を持つものと、頭から決めてかかっているような話の進め方だった。

「ミスター明智は、よくご存じの事件と思いますが、他の方は詳しくはご存じないと思うので、一応、事件の概略を説明することにします」

大造は、やおら手帖を取り出して、テーブルの上に置いた。レザー張りで、一寸した単行本ぐらいはありそうな馬鹿でかい手帖だった。三島は、前からその手帖が気になっていたのだが、どうやら「三億円事件」のことが書き込まれているらしい。

大造は、眼鏡を掛け直してから、三億円事件の概略を話し始めた。殆ど三島の知っていることだったから、彼には、事件を復習する恰好になった。

三島は、大造の話を聞きながら、四人の探偵の様子を眺めた。三億円事件に、彼等がどんな反応を示すか、それが気がかりだったからである。

エラリー・クイーンは、ソファにずっしりと身体を沈め、パイプを取り出した。マッチで火をつけたが、見ていると、マッチの燃えさしを、丁寧にポケットにしまった。三島は、灰皿がなかったかと、腰を浮かしたが、陶器の灰皿が、ちゃんとエラリーの前に置いてあった。

（エラリー・クイーンというのは、変な癖があるんだな）

と、三島はくびをかしげたが、そのあとで、エラリーが活躍した「中途の家」(Halfway house) 事件のことを思い出した。あの事件では、確か、六本のマッチの燃えさしが、事件を解く鍵になっていた筈である。恐らく、あの事件以来、エラリーには、こんな妙な癖がついたのだろう。逆にいえば、エラリーは、マッチの燃えさしを見る度に、あの事件を思い出して、何となく灰皿に捨てる気になれないのかも知れない。

パイプは、ブライヤーだった。美味そうに煙を吐き出しながら、大造の話に、「面白い」とか、「成程――」と、合槌をうっていた。

エルキュール・ポワロは、最初、自慢の口ひげを撫ぜながら聞いていたが、そのうちに、傍にあった広告マッチをテーブルの上にぶちまけて、マッチの軸で、魚や動物の形を作り始めた。ひどく熱心な様子なので、大造の話を聞いていないのではあるまいか、と三島は心配したが、時々「Epatant!《エパタン》（すばらしい）」とか、「Précisément!《プレシゼマン》（同感）」と、フランス語で合槌をうつところをみると、ちゃんと聞いているのである。

メグレは、刑事を長くやっていたせいか、大造が事件の説明を始めると、自分もすぐポケットから手帖を取り出して、メモを始めた。

表紙が蠟引きの布になっていて、中が方眼紙になっている安物の小さな手帖だった。日本で買っても、せいぜい百円ぐらいのものだろう。メグレは、それに、ひしゃげた大きな字で、大造の話の要点を書きつけていった。

明智小五郎は、楽な姿勢でソファに腰を落とし、眼をつぶって大造の話を聞いていた。

その表情は、殆ど変らなかった。明智ほどの名探偵が、あれほど世間を騒がせた三億円事件に関心がない筈がないから、恐らく、大造が知っている程度のことは、知っているだろう。いや、明智は、警視庁の捜査一課長と親しいと聞いているから、三億円事件についても、一般市民より知識を持っているに違いない。その明智が、この事件で、何らかのサジェスションを警察にしたという噂を聞かないところをみれば、事件の難しさが推察される。三島は、大造の話に、四人の探偵はのって来ないだろうと思った。

明智は、眼をあけ、大造の話がまだ続いているのに、一寸びっくりしたような顔をしてから、煙草をくわえた。マッチで火をつけてから、ちらっとエラリーを見て燃えさしを灰皿に捨てたところをみると、明智も、さっきのエラリーの仕草を見ていたのだろう。そんな明智の恰好が、端正な顔に似合わずユーモラスで、三島は、ニヤッとしてしまった。

大造は、事件の概略を説明し終ると、一層声を張りあげた。

「現在までに、一万人以上の容疑者を警察は調べましたが、結果は空しいものでした。誤認逮捕という失敗まで犯しながらです。どうも、日本の警察は当てにならんです。捜査に従った警官の数も延六万人。捜査費は、四千万円とかいわれていますが、一説には、既に、奪われた三億円と、殆ど同額ぐらいが使われたともいわれているのです。それにも拘らず、まだ手掛りさえつかめておらん。国民の中には、犯人の手口の鮮やかさと、人を一人も傷つけなかったことで、義賊扱いする空気もありますが、わたしは、どうしても逮捕しなければならないと思うのです。もし、逮捕されんということにでもなったら、この手口を真似た犯罪が続出する恐れがあるからです。それで、皆さんに、こうしてお集り頂いたわけです」

大造は、言葉を切って、四人の顔を見渡した。

「いかがですかな？　日本の警察がお手上げのこの事件を、皆さんの叡智を集めて解決して下さらんですか？　勿論、お礼は十分に差し上げます。犯人が見つかっても、わたし自身は一文の得にもならんのですが、わたしは、こういうことが好きでしてね」

大造は、三島を呼ぶと、ポケットから取り出した四枚の小切手を、探偵たちに渡してくれといった。金額は、二百万円になっていた。

「それは、わたしのささやかなお礼です。引き受けて頂けなくても、それは差し上げます。それで、日本の名所でもご覧になって、お帰り頂きたいと思います。ミスター・明智は、今更、日本国内の名所見物ということもないでしょうから、それで、外国見物でもなさって下さい。いかがですか？　皆さん」

大造の言葉に対する最初の反応は、当惑の表情だった。四人の名探偵は、申し合せたように、戸惑いの色を見せた。それを代表した形で、エラリーが、微苦笑しながら、大造にいった。

「ミスター・サトウ。あなたはどうも、われわれを誤解なすっているようですな。確かにわれわれは、多くの難事件を解決して、名声を得ています。その過程で、警察に協力したこともあるし、警察を出し抜く形になったこともあります。だが、われわれが手掛けた事件を仔細に調べて頂けばわかると思うのですが、全て一定のルールの下で起きた事件、いい代えれば、ある限られた時間、空間の中で起きた事件ばかりなのです。その時間、空間の中に何人かの人間がいて、その中に犯人がいるというルールです。もし、そうした状況の下で起きた事件ならば、犯人がどんなトリックを使おうと、それを見破って、真犯人を見つけ出す自信はあるつもりです。だが、われわれは、魔術師ではありません。また、占星術師でもない。自分が、その渦中にいなかった事件で、しかも、特定のグループの中に犯人がいるかどうかわからないような事件で、犯人を指摘することは不可能です。今、ミスター・サトウが話された事件は、確かに面白い事件です。だが、今、僕がいったルールから外れています。極端ないい方をすれば、日本の一億人の中から、犯人を見つけ出せというに等しい難問です。これは、どんな名探偵の手にも負えませんよ。警察という大きな組織だけが取り扱える事件です。こういうことは、長くパリ警察で活躍されてきたムッシュー・メグレが一番よくご存知だと思いますがね」

「確かに、ムッシュー・クイーンのいわれる通りでしょうな」

メグレは、静かな声でいった。彼は、ゆっくりとパイプに煙草をつめてから、口にくわえた。

「ムッシュー・サトウ。事件には、二つの型があるのです。一人の頭の切れる人間が解決できる事件と、組織の力でなければ、解決できない事件とです。この三億円事件は、明らかに後者に属します。沢山の刑事が、辛抱強く歩き廻って、容疑者を一人一人洗っていくより仕方のない事件です」

「ムッシュー・ポワロの感想はいかがですか？」

大造は、エルキュール・ポワロに眼をやった。既に、エラリーとメグレの二人が、手に負えない事件だと、大造の提案に否定的な意見を口にしているのに、大造は、別に悲観の色も見せていなかった。

ポワロは、丁度、テーブルの上にマッチの軸で城砦《キャッスル》を作り上げたところだった。彼は、自分の傑作に満足そうにニンマリしてから、大造に視線を向けた。

「このエルキュール・ポワロの意見をお求めですか？　ムッシュー・サトウ」

「そうです。あなたも、この事件は、警察しか手に負えないと思いますか？」

「私のモットーをご存知ですか？　全てこのエルキュール・ポワロにお委せ下さい。それ以上は申しません。これが私のモットーです」

「それでは、引き受けて下さるんですか？」

「ただし、日本の警察が、私の命令どおりに動いてくれるという条件が必要です。ムッシュー・サトウ。あなたの力で、その条件が作り出せますか？」

ポワロは、皮肉な眼つきで、大造を見た。どうやら、大造にそんな力のないのを見すかして、わざと難しい条件を持ち出したような気配もあった。三島は、聞いていて、エラリーやメグレより、ポワロの方が意地の悪いところがあるような気がした。皮肉屋なのかも知れない。自信家の人間には、こういうタイプが多いものだ。大造も困っただろうと、三島も、いくらか皮肉な眼つきになって、彼の赧ら顔を眺めた。

大造は、頭に手をやり、

「こりゃあ、痛いところを突かれましたなあ」

と、大袈裟に恐縮して見せたが、その顔は笑っていた。この老人は、やはり狸だなと三島は思った。

「残念ながら、わたしには、それだけの力はありません。警察に影響力を持っているということでは、わたしよりむしろミスター・明智の方が、遥かに上です。何しろ、ミスター・明智は、様々な難事件で、警察を助けられましたからな。いかがですか。ミスター・明智。あなたの力で、ムッシュー・ポワロの希望をかなえられませんか？」

大造は、責任転嫁みたいなきき方をした。

明智は、モジャモジャ頭に右手の指を突っ込んで、苦笑した。

「確かに、僕は、捜査一課長とも、他の刑事とも親しくしています。だが、僕の信条として、向うから頼まれない限り事件にタッチしないことにしているのです。あの

『化人幻戯』事件の時でも、親友で、探偵作家の江戸川乱歩に頼まれて、手を染めることになったのです」

明智の端正な顔に、ふと、寂しげな影が走った。親友江戸川乱歩の死が、この名探偵の心にも、深い傷を作っているのだろう。

「だから、この三億円事件でも、僕は、警察の方から依頼がない限り、こちらから動きたくはないのです。それに、ミスター・クイーンや、ムッシュー・メグレがいわれたように、今の段階では、警察の地道な捜査しか解決の方法はないように思いますね」

明智の言葉は、婉曲な拒否であった。結局、四人の探偵とも、いい方は違っていても、大造の申し出を断ったことになる。三億円事件は、事件そのものは面白くても、名探偵の腕の振いどころのない事件だと見たのだろう。

「これは参りました。どうやら、わたしの提案は、皆さん全員に拒否された模様ですな」

大造は、また頭に手をやったが、不思議なことに、その顔に当惑の色がなくて、余裕を見せて笑っていた。三島は、その顔を見て、この得体の知れない老人は、ひょっとすると自分の提案が四人に拒否されるのを予期していたのではないかと思った。どうも、この老人の考えていることはわからない。

「それでは、提案をし直しましょう」

と、大造は、微笑を崩さずにいった。

「三億円事件を、われわれの方に引き寄せたら、力を貸して貰えますか？」

大造の言葉に、四人は顔を見合せた。

「引き寄せるというのは、どういう意味ですかな？」

ポワロが、自慢の口ひげを撫ぜながら、くびをかしげて見せた。

「さつき、ミスター・クイーンは、ルールということをいわれました。皆さんは、一つのルールの中で、事件を解決されたと。わたしは、三億円事件を、皆さんのルールの中に持ち込もうというのです。それならば、十分に腕を振って頂けると思うんだが、いかがですかな？」

「そんなことが、果して可能ですか？」

エラリーが、一寸驚いた顔で、大造を見た。メグレと明智も、不審そうな顔をしている。が、一番驚いたのは、三島だった。四人の名探偵が、三億円事件は、次元の違う事件だといっているのだ。それなのに、大造は、それなら、名探偵たちの望む次元に、事件を移すという。そんなことが出来るものだろうか。

「皆さん。そんな不思議そうな顔をなさらんで下さい。わたしは、別にマジックを使おうというんじゃありません。一寸事件の見方を変えてみようというだけのことです」

大造は、探偵たちの見せた反応に満足気だった。

「正直にいいまして、わたし自身も、皆さんのような名探偵に、警察の尻を追いかけるようなことをして頂く気は、最初からなかったのです。それに、警察が何故、未だに犯人を逮捕できずにいるかを、わたしなりに考えてみますと、事件の後を追いかけることしか出来ない警察機構そのものにも問題があると思うのですよ。例えば、今度の事件では、さっき申し上げたように、犯人の遺留品といわれるものが沢山発見されています。白バイに擬装したオートバイ、三億円を運んだと思われる濃紺のカローラ、レインコートなど二十点に及ぶのです。警察はその一つ一つについて、追跡調査をやっています。まあ、それが捜査の常道というのでしょうが、犯人の後手、後手に廻る危険もあるし、今までのところ、その危険な落し穴に落ち込んでいるようです。それと逆の方法を、わたしは取りたいのですよ。皆さんの中の誰でしたかな？　捜査の出発点は想像だとおっしゃったのは。皆さん全部がおっしゃっていたような気がするが、その想像力を発揮できるような形に、この事件を持って行きたいのです」

「演説は、まだ続くのですかな？」

ポワロが、肩をすくめて、また皮肉をいった。大造は、ニヤッと笑って、

「ご要望により、核心に入ることにしましょう。わたしは、一つのプランを持っています。それを持っているから、皆さんをご招待したといってもよいのですよ。つまり、皆さんの前で、三億円事件を再現してお見せしようと思うのです。いかがですか？　このプランは。皆さんは最初から事件に参加されることになるし、それなら、皆さんのいわれるルールにも合致すると思いますがね」

「再現する？」

エラリーが、きき返した。

「それは、俳優を使って、事件を再現して見せるということですか？　もしそうだとすると、殆ど無意味ですな。何故なら、そんなことは、日本の警察も繰り返しやっているに違いないし、事件の完全な再現などということは、出来るものじゃありませんよ。そして、ほんの僅かでも違っていれば、その結果、誤った判断を下してしまうことになります。一番危険なのは、芝居と実際とは違うということです。芝居を演じる俳優に、よほど想像力がないと、形だけ真似ても何の役にも立たないことになりますよ」

「わかっています。わかっています」

大造は、笑いながら大きく肯いた。

「わたしも佐藤大造です。ムッシュー・ポワロの口癖ではありませんが、佐藤大造は、お約束します。皆さんを失望させるようなことはしないと。三島君」

と、大造は、三島を呼んだ。三島が腰を上げると、

「隣の部屋に、トランクが三つあるから持って来てくれ給え」

と、いった。

三島は、隣の部屋に入った。確かに、部屋の隅に、茶色のトランクが三つ並んでいた。かなり重いトランクだった。それを持ち帰ると、大造は、テーブルの上に並べ、手品師のような気取った手つきで鍵を取り出して、一番端のトランクをあけた。

札束が、ぎっしり詰っていた。

2

エラリー・クイーンが、口笛を吹いた。

他の二つのトランクにも、札束がぎっしり詰っていた。

大造は、自分の演出を楽しんでいるかのように、暫くの間、黙って札束を撫でてから、

「ここには、事件で盗られたと同額の金があります。正確にいうと、二億九千四百三十万七千五百円。日本式のゴロ合せでは、ニクシミノナイゴートウというのですが、英語では何のことやらわかりませんな。勿論ニセ札ではありません。それに、札の種類も、事件で盗まれたものと同じにしてあります」

「まさか、あなたが事件の犯人じゃないでしょうな?」

明智が、笑いながらきいた。大造は、手を横に振った。

「わたしが犯人なら、皆さんのような名探偵を招待して、こんな芝居がかった真似はしませんよ。忽ち、犯人だと見破られてしまいますからな」

「その金で、一体何をしようというのです?」

メグレが、いくらか不快そうに声をとがらせた。三つのトランクに、札束がぎっしり詰っているのを見たときは、この有名な退職刑事も、流石にびっくりしたようだが、大造の芝居がかったやり方に、次第に眉をしかめていた。

「ある男に、盗ませるのです」

大造は事もなげにいった。

「盗ませる？」

メグレが、眉をしかめたまま、きいた。

「そうです。三億円が盗まれたように、この金も盗まれるようにするのです。つまり、事件の再現です」

「Intéressant!《アンテレサン》（面白い）」と、ポワロがいった。

「だが、気違いじみてもいる」

「さよう。確かに一見気違いじみていますが、それによって、事件を再現できるし、皆さんのルールの中に、事件を持ち込むことが出来ると思うのですよ」

大造は、落着き払っていった。

「警察がモタついている理由の一つとして、三億円という大金を手にした青年の心理や動きがわからないということがあると思うのです。まあ、刑事というのは貧乏人が多いですからな。それがわかれば、手の打ちようがあると思う。今、三億円を手にした犯人は、一体何を考え、何をしているか？　まだ日本にいるか、それとも外国に逃亡したか、金はどの位使ったか、スポーツ・カーでも買ったろうか、それとも別荘でも買ったろうか。これは、事件を離れても非常に興味があることだと思うのですよ」

「モデルを使って、実験しようというわけですな？」

エラリーが、面白そうにいった。だいぶ興味をかき立てられた表情だった。

「そうです。そのモデルは、もう選んであります。勿論、モデル自身は、自身が選ばれていることを知りませんがね」

大造は、愉快そうにいった。そのいい方には、何となく残酷なひびきがあった。明智も、それを敏感に感じとったとみえて、

「その哀れなモルモットは一体誰ですか？　まさか、この四人の中の一人というわけではないでしょうね？」

「とんでもない。あなた方は、三億円ぐらいの金に眼はくれんでしょうし、モルモットなどとは恐れ多いですよ。それに、これはあくまで三億円事件解決のためですから、皆さんのような頭の切れ過ぎる方では、モデルにはならんです」

「しかし、犯人が誰かもわかっていないのに、完全なモデルを見つけ出すことが出来ますか？」

「確かに、完全なモデルを探し出すことは不可能です。だが、今どきの若者というのは精神構造が単純ですからな。三億円に対して示す反応は、そう違わんと思うのです。それに、心理学者や警察当局が、大体の犯人像を描いていますから、それに合せて、一人の男を選んでおきました」

大造が、描いて見せた犯人像は、大体次のようなものだった。これは、大造自身がいったように、心理学者や警察当局、それに目撃者などの証言から作りあげたものだった。これは新聞に出たこともある。

①年齢二十五、六歳。少くとも三十歳までの男子。
②単独犯の可能性が強い。
③内向的な性格で、他人と共同して仕事のできるタイプではない。
④八ヵ月前から、多摩農協へ脅迫の電話をかけるなどして準備をしていることから考えて、かなり計画性のある男。
⑤血液型はB（脅迫状の切手の唾液から）
⑥前科はなさそうである。
⑦現場付近の地理に精通。
⑧恐らく、酒を飲むことも殆どなく、潔癖、几帳面な性格。
⑨知能指数は普通。
⑩車の運転が上手い。犯行時に自由な時間があったことから、普通のサラリーマンとは考えられない。
⑪ギャンブル好きの可能性が強い（車の中から、競艇のチラシが発見された）

「この十一項目を満足させる男が見つかったのです。その男を皆さんに紹介しましょう。三島君。映写の準備をしてくれ」

大造が、いった。

棚から映写機がテーブルに運ばれ、壁にスクリーンが張られた。大造の机の引出しから8ミリフィルムを取り出したが、勿論、三島には、初めてお眼にかかる代物だった。

部屋が暗くなると、まず最初に、二階建のアパートが映し出された。新しいが、モルタル塗りの安アパートだった。

「このアパートは、三億円事件の起きた地点から三百メートルの所にあります。名前は平和荘。この名前は戦後多くなりました。隠し撮りのため、あまり鮮明でない点はご了承下さい」

暗い中で、大造の太い声が流れた。

アパートの入口が映り、「平和荘」と書かれた看板が見えた。

そこから一人の若い男が出て来た。中肉中背で、黒っぽいジャンパーを着ていた。

「ご紹介します。この男が、われわれのモデルです」

男は、立ち止って一寸眉をしかめたが、これは、カメラに気付いたのではなくて、陽が顔に当ったせいらしかった。

「名前は、村越克彦。年齢二十六歳。四国の高校を卒業後上京。さまざまな職業についたが、現在は無職です。血液型はB型。彼は、これから京王閣競輪に行くところです」

大造の説明が続く。

男は、アパートの脇に置いてあった中古のオートバイに乗って走り出した。

そこで場面が変り、競輪場のシーンになった。

村越克彦がいる。周囲の興奮した空気の中で、この男は、かなり冷静に見える。予想が外れたらしく、彼は、手に持っていた券を引きちぎって、空中に飛ばした。

次は、雨の国道を大型トラックが走っているシーンだった。カメラは、それを追いかけて行く。

「村越克彦は、金がなくなると、トラックの日傭運転手になることがあります。運転はかなり乱暴です」

大造の説明と同時に、大型トラックが、強引に乗用車を追い抜いて行った。

最後のシーンは、公園だった。アベックや子供連れで賑う中に、ポツンと、村越克彦だけが一人でベンチに腰を下している。

「彼は友人の少い男です。同じ職場で働いていた同僚の言によると、仕事はする方だが、協調性がなく偏屈だったということです」

そこでフィルムが終り、部屋がまた明るくなった。

「わたしの選んだモデルに、ご満足頂けたと思いますが」

大造は、得意そうに鼻をうごめかした。

3

改めて、村越克彦の写真と、英・仏文でタイプされた履歴書が、四人の探偵に配られた。三島も、その写しを貰ったが、その用意の周到さに、三島は、ますます佐藤大造という老人がわからなくなった。恐らく、新聞広告で三島が傭われる前に、村越克彦という男は選ばれていたのだろう。その証拠に、8ミリフィルムは、九月上旬頃の感じだ。

「村越克彦について、何か質問があったらお答えしますが？」

大造は、四人の顔を見廻した。名探偵たちが、もう引き受けてくれるものと決めてしまっているような表情になっている。メグレが、パイプをもてあそびながら苦笑しているのは、そのせいだろう。四人の中で、一番乗り気を示したのは、エラリー・クイーンだった。アメリカ人だけに、大造の奇妙な考え方が面白いのかも知れない。

「この青年に、どうやって、三億円を奪わせるんです？」

と、エラリーがきいた。

「その手筈も、もう出来ているのですよ」

大造が、また、得意そうに鼻をピクピクさせた。

「ただし、これは難しい仕事でした。何しろ、相手に気づかれずに、お膳立てをしなければならんのですからねえ。そのため、意外に時間が掛ってしまいました。もし、俳優の素質のあるわたしの友人が助けてくれなかったら、恐らく上手くいかなかったと思うのです。彼も、間もなくここへ来て、その後の経過を教えてくれる筈ですが、彼は、日傭労働者に化けて、競輪場で村越克彦に近づき、金持ちの馬鹿な老人が――というのは、わたしのことですが――東京の郊外に、マンション建設用の土地を探している。金は、三億円ぐらい用意している。上手く欺せば、大金を巻き上げられるといったことを、吹きこんだわけです。最初は信じない様子だったが、最近、友人の説得が成功して、わたしから大金をせしめる気になって来ましてね。この間、電話をかけて来ました。あなたが土地を欲しがっているのを聞いたが、あの近くにいい土地を持っているから世話してもいいと。勿論、わたしは、その話にのりましたよ。そうしたら、一週間前に、これを送って来ました」

大造は、書類を取り出して、四人の前にかざして見せた。

「これは、日本の土地登記書類の写しですが、わたしから見れば、すぐインチキとわかる代物です。しかし、可成り巧妙に作ってあります。これだけでも、村越克彦が、計画性のある男だということがわかります。つまり、モデルにふさわしいということです」

「一寸、別なことで質問していいですかな?」

メグレが、ゆっくりと質問した。大造の顔が、メグレの方を向いた。

「どうぞ」

「私は、二十年以上パリ警察で働いて来ました。どこでもそうでしょうが、警官というのは金に縁のないものです。私も妻も、今でもリシャール・ルノワール街にあるアパートに住んでいるくらいですからね。そんな私には、八十万ドルなどという大金は、想像を絶した額です。何故、そんな大金を、お賭けになるのか、その理由をお聞きしたいのですよ。下手をすれば、八十万ドル全部を失うことになるかも知れない賭けですからね」

「その質問があることは予期してましたよ。理由は三つあります。第一は、わたしがこんなことが好きだということです。第二は、わたしに幸か不幸かかなりの財産があるということです。第三は、この国の税金のシステムです。わたしは、もう六十歳を過ぎているから、そう長くは生きられない。わたしが死ねば、残った家族に相続税がかかって来ます。ところが、この相続税というのが、ベラ棒な累進課税でしてね。わたしは、今、十二億円ばかり個人資金を持っていますが、弁護士に計算させたところでは、大体、八億円ぐらいの相続税を取られるそうです。ところが、三億円少い九億円の場合の相続税が、約五億円なのです。つまり、今ここでわたしが三億円の金を使ってしまっても、家族が受け取る遺産は殆ど同額なのです。これで少しは、わたしの気持が理解して頂けたと思うのですが――」

「税金の悩みというのは、各国共通なんですな」

エラリーが、実感の籠った声でいい、他の三人が苦笑したとき、玄関のベルが鳴った。

「どうやら、今、お話したわたしの友人が来たようです」

と、大造がいった。

4

三島が立って行って、入口のドアをあけた。

サングラスをかけ顎ひげを生やした男が、そこに立っていた。何となく年齢の不確かな男だった。薄汚れたコートを着ていたが、それを脱ぐと、パリッとした新調の背広に、ボウタイをしていた。

「君が三島君だね」

と、その男は、やや横柄な口調でいい、さっさと奥へ通って行った。そんな姿勢に、大造の信頼を見せびらかしているような傲慢さが感じられた。

(いやな男だな)

と、三島は、不快な第一印象を受けて、その男の後から、部屋に戻った。

大造が、男を、四人の探偵に紹介した。

「これが、友人の神崎五郎です。彼がいなければ、今度のことは不可能だったと思っています」

神崎五郎と呼ばれた男は、サングラスをかけたまま、四人に向って一礼してから、

鮮やかな英語で、

「サングラスのままで、ご挨拶する非礼をお許し頂きたいと思います。ミスター・サトウは、今、私の名前を口にされましたが、皆さんには、覚えて頂く必要はありません。いや、私の存在自体、忘れて下さった方が有難いのです。何故なら、私は、今度の件に関しては、カブキにおける黒衣《くろご》と同じ役割だからです。村越克彦という青年がモデルに選ばれ、これから、例の事件と同じように三億円を強奪しようとしています。その男と皆さんの間に、私という夾雑物が入っては、皆さんの明敏な推理の邪魔になるだけです。また、私が、村越克彦と共犯関係になってもまずいのです。何故なら、三億円事件では、犯人は単独犯と見られているからです。ですから、私は、村越克彦に、ミスター・サトウから大金を奪ったらどうかとはいいましたが、その後は、村越彼の前から姿を消して、離れたところから彼を観察することにしたのです。つまり、村越克彦にとっても、私は、黒衣《くろご》的な存在なわけです。勿論、彼は、私の名前を知りません。競輪場で会った変な男ぐらいにしか思っていないでしょう」

「それで、村越克彦の様子はどうだね？」

と、大造が、神崎五郎にきいた。日本語できいてもよいことなのに、わざわざ英語を使ったのは、エラリーたちへの配慮からだろう。

神崎は、笑って、「万事、こらちの予想通りに動いています」と、大造にいった。

「あなたが、土地を買うと返事をしたので、ほくそ笑んでいます。現金を用意しろといって来たのですね？」

「そうだ」

「あなたに売りたいという架空の土地の所在地は、何処になっています？」

「府中のF町だ」

「つまり、三億円事件の起きた府中刑務所の横を、車で通ることになりますね。あそこは、やはり、あの辺りでは一番人通りがなくて、犯罪を起こすには絶好の場所です」

「それに、時間は、六時といってきた。今時分なら、もう暗くなっている時間だ。ますます、犯行には好都合だよ。恐らく、わたしを、刑務所横のところで襲うつもりだろう」

「昨日、彼は、何処からか車を一台盗んで来て、刑務所近くの空地にかくしました。濃紺のカローラです」

「ますます、三億円事件に似て来たね。結構なことだ」

大造は、満足そうに微笑した。

「村越克彦という男は、競輪場で話しているときに気がついたのですが、非常に、三億円事件の犯人に憧れていますよ。手口が堂々としていてカッコいいというのですよ。そんな憧れが無意識に働いて、同じ濃紺のカローラを用意したんでしょうな」

「ますます結構だ」

と、大造はいった。

「これで、三日後に、第二の三億円事件が起きることは、確実になったな」

第二の三億円事件

1

三日後は、十二月十日であった。三億円事件が起きた日である。佐藤大造が、日時まで同じにしようとしたのか、偶然、そうなったのか、そこまでは、三島にはわからなかった。

五時に、車のトランクに、三億円の入った鞄三つを載せ、大造がリアシートに、三島が運転という恰好で、府中に向って出発した。

小雨が降り出して、五時というのに、もう街は薄暗かった。

(確か、三億円事件のときも、雨だったな)

と、三島は新聞記事を思い出していた。違っているのは、あれが、朝の九時二十分に起きたことと、小雨でなく豪雨で、冬には珍しい雷があったということだけである。

三島は、運転しながら、二つのことを考えていた。

一つは、何かひどく馬鹿げたことをしているのではないかということだった。もう一つは、怖さだった。府中が近づくにつれて、不安は強くなった。こちらは、最初から三億円の金を奪われる気でいるのだが、村越克彦の方は知らないのだ。本気で奪い取る気でいる。ひょっとすると、大造と三島を殺してでも、奪おうとするかも知れない。唯一つの頼みは、相手が、三億円事件の犯人の手口に憧れているという神崎五郎の言葉だけだった。人を一人も傷つけなかったスマートな手口に憧れているなら、村越克彦という男も、三島たちを殺すような真似はしないだろう。

「金が計画どおり奪われた後は、一体どうなるんですか？」

三島は、前方を注視しながら、リアシートの大造にきいた。

大造は、すぐには答えずに、葉巻を取り出して火をつけた。葉巻の匂いが、車の中に漂ってくる。

「これは一つの実験なんだよ、君。新しく発生した病気の治療法を見つけるのに、たいてい動物実験というやつが行われる。モルモットに病菌を注射して反応を観察するんだ。村越克彦という男は、さしずめ、そのモルモットだな。病菌の注射が、三億円というわけだ。そう考えれば、あとどうするかは、自然にわかるだろう？」

「村越克彦を、観察するわけですか？」

「そうだ。彼を観察すれば、三億円事件の犯人が、事件のあとどんな行動をとったかも、想像がつくし、捕え方もわかろうというものじゃないかね」

三島は、次第に、村越克彦という男が可哀そうになってきた。と同時に、自分の背後《うしろ》で葉巻をくゆらしている佐藤大造が、一層、薄気味の悪い存在に感じられてきた。

「村越克彦を観察するとして、四人の探偵の役割は何ですか？　彼等に、顕微鏡でものぞかせるんですか？」

「君は、秘密が守れるかね？」

「いっていけないことは喋りませんよ」

「実はね。彼等が本当に名探偵かどうか、それを試してやりたいのだよ」

「何ですって？」

三島は、驚いて思わずバックミラーに眼をやった。バックミラーの中で、大造の顔が、ニヤッと笑った。

「別に驚くことはないだろう。彼等が果して本当に名探偵なのだろうかという疑問は、一寸した推理小説好きの人間なら、誰でも抱く疑問じゃないかね？」

「しかし、あの四人が、名探偵だということは、数々の事件が証明しているんじゃありませんか？」

「果してそうだろうかね？　君にしろ、わたしにしろ、彼等の名探偵ぶりを、直接見たわけじゃない。エラリー・クイーン、エルキュール・ポワロ、メグレの三人は勿論だが、明智小五郎にしても、彼の友人の江戸川乱歩の報告でしか、わたしたちは知り得ないわけだからね。それに、友人というものは、親友の失敗談は書かんものだよ」

「呆れた人だ」

三島は、思わず口の中で呟いた。

「それで、今度のことで、四人が本当に名探偵かどうかわかるんですか？」

「わかるね。彼等が、一番自慢している能力は何だと思う？　彼等を名探偵と呼ばせるものは何だと思うね？」

「いろいろあるでしょうが、第一は、人並外れた想像力ですかね」

「その通りだ。彼等自身も、そういっている。明智小五郎は、捜査の出発点は想像だといっている。エルキュール・ポワロとエラリー・クイーンが、やたらに灰色の脳細胞というのも想像力のことだと思うね。メグレに到っては、想像力だけで、事件を処理しているようなものだ。そのご自慢の想像力で、三億円という大金を手に入れた青年が、一体どんな行動をとるものか。それを推理して貰おうと思っているのさ。ちゃんと、村越克彦というモデルがいるから、その推理が正しいか間違いかは、すぐわかる。村越克彦という男については、可能な限りの情報を提供した。血液型まで教えてあるんだから、推理できないことはない筈なのだ」

大造の話し方は、ひどく楽しそうだった。

三島は、改めて、驚いた老人だと思い、ひょっとすると、この男は、三億円事件を解決することが本当の目的ではなく、四人の名探偵を試すのが目的なのではないかとさえ思った。

その時、ふいに、前方に人影が浮び上った。

2

三島は、あわてて急ブレーキをかけた。タイヤが、雨で濡れた舗道にスリップして、車はズルズルと五メートルばかり滑ってやっと止った。

フロントライトの中で、雨が銀色に光っている。レインコートを着た男が、雨の中に突っ立っていた。

三島が、サイドウインドをあけて、「気をつけろッ」と、怒鳴ろうとしたとき、レインコートの男が、よろめくように近づいて来て、

「助けてくれッ」

と、叫んだ。ずぶ濡れで、長い髪がべったりと顔にへばりついている。

「どうしたんだ？」

「人を轢いちまったんだ。車をどけたいんだが、どこか故障しちまって動かない。力を貸してくれよ」

男は、前方を指さした。黒っぽい車が、斜めになって、歩道に突込む恰好で止っていた。その車の下敷になっているのは、制服姿の警官だった。

「警官を轢いちまったのか？」

「そうなんだ。まだ息があるから、早く手を貸してくれ」

男の声は震えていた。三島が後を見ると、大造も腰を浮かして、

「助けてやろうじゃないか。人の命は放っておけん」

と、いった。

三島が、まず雨の中に降りた。事故車の方へ、五、六歩進んでから、眼の前に、コンクリートの高い塀が続いているのに気がついた。人通りもないし、車の気配もな

い。

(府中刑務所の横なのだ)

と気がついた時、背後《うしろ》で、「あッ」という大造の叫び声がした。驚いて振り返ると、舗道に、小太りの大造の身体が引っくり返っている。レインコートの男の方は、三島の運転して来た車に飛び乗るところだった。

次の瞬間には、車はもうタイヤをきしませて走り出していた。

「待てッ」

と、思わず怒鳴ってしまったが、倒れていた大造が、のろのろと起き上って、

「いいんだ。いいんだ」

と、苦笑しながら手で制した。

「今のは、村越克彦だよ。計画通りにいったんだ。だが、雨の中で、いきなり突き倒されるとは思わなかったね。腕をすりむいてしまったらしい」

「本当に、村越克彦でしたか?」

三島は、半信半疑だった。村越だといわれれば、写真で見た男に似ていたような気もするが、雨が降っているし、恐らく、わざとそうしていたのだろうが、ヒッピー風の長い髪の毛を顔にへばりつかせていたので、顔立ちの記憶は曖昧だった。

「村越克彦以外に、こんなところで待伏せする筈はない。車が欲しいんなら、止めてあるのを盗めばいいんだからね」

大造は、ハンカチで、雨に濡れた顔を拭きながら、いやに落ち着き払った声でいった。

「しかし、奴は、警官を轢いているんですよ」

三島は、事故車に向って駈け出したが、傍へ行って、呆然としてしまった。警官と思ったのは、警官の人形なのだ。最近、交通事故防止のためにと、警視庁が製作した人形である。運転手が、本物と勘違いして思わずスピードをゆるめるので、効果満点と、新聞に出ていたが、確かに、五、六メートル離れると本物に見える。

「人形でした」

と、三島が報告すると、大造は、ニヤッと笑って、

「そんなことだろうと思ったよ」

「落着いていていいんですか？　もし、あいつが、車を飛ばして、大阪へでも高飛びしてしまったらどうするんです？」

「そんなことはないさ」

「何故、ないと断言できるんです？　こちらは計画通りだと思っても、村越克彦の方

は、そんなことは知っちゃいないんですからね」

「まあ、落着いて、あの事故車を見給え。あの車はカローラじゃない。プリンス・スカイラインだ。ということはだな、濃紺のカローラが、神崎五郎のいっていた場所に置いてあって、犯人は、そこで金を積み代える気だということだ。その場所には、神崎が張り込んでいる。村越克彦は、ちゃんと、われわれの監視下にあるから大丈夫だよ」

「警察には？」

「勿論、知らせるさ。そうしなければ、三億円事件と同じ条件にならないからな。ただし、奪られた額は、三億円きっかりということにしておく」

「何故です？」

「三億円事件と全く同じだなんていったら、警察が冗談だと思う恐れがあるからね」

大造は、クスクス笑ってから、

「その車の中で一休みしようかね」

「一休み？　警察には通報しないんですか？」

「勿論するさ。だが、三億円事件のときは、届け出が遅くて、警察が捜査に乗り出したのは七時間もたってからだ。七時間といわなくても、少しは、その条件に近づけた方がいいからね」

3

一時間後に、三島が一一〇番し、更に二十分後にパトカーが駈けつけてきた。投光車も来て、現場は真昼の明るさになった。

三島と、大造は、パトカーの中で、府中署の刑事から事情を聞かれた。最初のうち刑事は、この事件を、それほど重大に考えていなかったようだった。三島が、大金を奪われたといったが、金額をいわなかったせいだろう。刑事も平均的日本人の一人だから、大金という言葉から想像できる金額はせいぜい一千万円くらいのところということかも知れない。

だから、大造が、三億円といったとき、刑事の顔色が変った。

「本当ですか？」

「冗談でこんなことはいえませんよ。今夜、土地を買う約束で、わざわざ現金を用意して来たんです」

大造は、怒ったような顔でいい、ポケットから取り出した土地の登記書類の写しを、刑事の前で振りかざして見せた。

「車は、もう手配して下さったんでしょうな？」

「しました。確か、六八年型のトヨタ・センチュリーでしたね。色は黒」

「そうです。捕えて下さるんでしょうな？」

「全力を尽くしますよ。ただ――」

「ただ、何です？」

「どうも、今度の事件は、計画的なような気がするのですよ」

「計画的？」

大造は、呆けて、驚いて見せた。刑事は、ゆっくり肯いた。

「警官の人形も、あなたの車を止めたのも、どうやら、あなたの金を奪うための芝居だったとしか考えられませんからね」

「しかし、わたしが、三億円の金を持って行くことを知っているのは、この土地を売ってくれる相手しかいない筈ですが」

「その人間の名前は？」

刑事が、眼をキラッと光らせた。大造は、ポケットから名刺入れを取り出し、一枚の名刺を抜き出して刑事に示した。三島が横からのぞくと、「鯨岡孝助」と変に難しい名前が刷ってあったが、勿論、出たらめで、架空の人間だろう。村越克彦が創った人物に決っている。

刑事が、その名刺を同僚に渡すと、相手はパトカーを降りて行った。やがて、他のパトカーがサイレンの音をひびかせて、走り去った。恐らく、名刺の「鯨岡孝助」を調べに行ったのだろう。

（ご苦労なことだな）

と、思い、三島は、危く笑い出しそうになって、あわてて口を押えた。真相を知っていると、刑事の緊張した動きが、ひどく間が抜けて見えるものだ。

「ところで、三億円を奪った犯人は、どんな人相でした？」

刑事が、大造と三島の顔を、等分に見てきいた。刑事は、もう、車を奪った犯人とはいわなかった。奪われた金額が三億円と聞いたときから、六八年型センチュリーなど、無意味なものになってしまったに違いない。

「暗いので、よくわかりませんでしたね。白っぽいレインコートを着ていたのは覚えています。年齢は二十五、六か、まあ、三十歳よりは下だと思います」

と、まず、大造がいった。刑事の視線が、三島に動いた。三島は、8ミリフィルムに映っていた村越克彦の顔を思い出していた。あの顔なら、詳しく特徴をいうことが出来る。だが、それをいったら、おかしなものになってしまうだろう。三億円事件でも、モンタージュ写真はできたが、目撃者の一人は「犯人はモンタージュ写真のようなヤサ男ではなく、顔ももっと細長かった」と異議を唱えているのである。突嗟に見た人相というのは、あまり正確ではないという証拠だろう。それなら、こちらもそれらしく答えなければならない。

「僕も、はっきりしないのですよ。とにかく、相手が、警官を轢いちまったというもんだから、その方に気を取られてしまったんです。年齢は二十代だと思います。雨が降っていたし、暗くて、よく顔が見えなかったんです。それに、男はずぶ濡れで、髪の毛が顔にへばりついてましたから、それも、顔立ちがはっきりしない原因だと思うんです」

と、三島は、いいわけめいたいい方をした。刑事は、二人の話を手帖にメモしていたが、明らかに、不満そうだった。

そのあと、大造と三島は、もっと詳しく事情を聞きたいということで、府中警察署まで連れて行かれた。

4

翌日の新聞は、第一面にデカデカと事件を載せた。見出しの言葉は、いい合せたように同じだった。

〈第二の三億円事件、場所も同じ府中刑務所横で〉

智慧がないといえばいえるが、「第二の三億円事件」といういい方が、最も大衆にアピールすることも事実だった。

大造は、四人の探偵に、その新聞を見せ、エラリー・クイーン、エルキュール・ポワロ、メグレの三人には、見出しの文字を英訳して聞かせてから、

「さて、これからの犯人の行動を、皆さんに推理して頂きましょうか？」

と、楽しそうにいった。

「ミスター・クイーンのお得意な『読者への挑戦』を真似するのを許して頂ければ、わたしが作った今度の事件について、皆さんは、必要な知識は十分お持ちになってい

るわけです。犯人の名前も、性格も、血液型までご存知だ。あとは、皆さんのお得意の想像力を働かせるだけで、犯人の行動を推理することは易しいことだと思うのですがいかがですか？　しかも、犯人の村越克彦は、先日ご紹介した神崎というわたしの友人が監視していますから、皆さんの推理が当っているかどうか、すぐにわかるという趣向です。どうも、自分の推理が当りそうもないという方は、このゲームからおりて下さって結構ですが」

明らかに、名探偵たちの協力を求めるという姿勢より、挑戦的な姿勢だった。三島は、傍で聞いていて、四人が怒り出すのではないかとハラハラしたが、彼等は、むしろ、大造の挑戦的な口調を面白がっているように見えた。

まず、エルキュール・ポワロが、微笑して、大造にいった。

「私がエルキュール・ポワロだということをお忘れのようですな。ムッシュー・サトウ。このエルキュール・ポワロは、いかなる挑戦にも、うしろを見せたことのない男ですぞ」

「これは頼もしい。では、まず、ムッシュー・ポワロのご意見を伺いましょうか」

「この犯人は、凡庸な一人の若者でしかない。そんな若者の行動を推理することは、苦もないことです。まず、今の時点だけについていえば――」

と、ポワロは、壁にかかっている時計に眼をやった。

「犯人は、あらかじめ用意しておいた車に三億円を積み替えて、平和荘というアパートに運び、大金を眼の前に置いて、溜息をついているに違いない。恐らく、昨夜は、興奮のために眠れなかったであろうから、眼は朱く充血しているだろう。カーテンも閉めたままになっているに違いない。外から遮断されているという意識が、彼に安心感を与えるからだ。彼は、配達された新聞と、テレビのニュースに全神経を集中する。自分が、どこまで追われているかを知るために。少し落着いてから、彼は、車を捨てに行く。その車がすぐには発見されない場所に。例えば、アラン・ポウの『盗まれた手紙』にならって、他の車が沢山並んでいるような場所にである。そのくらいの智慧は働く筈だ。そして、今日一日は、アパートの部屋で、じっと息を殺しているに違いない」

「金を、あらかじめ考えていた場所に隠し、自分だけ何くわぬ顔でアパートに戻るとは考えられませんか？　例えば、近くの神社の床下にかくすとか。その方が、安全だと思いますがね」

大造がきく。ポワロは、クスクス笑った。

「人間は、論理に従って行動するものではありませんよ。ムッシュー・サトウ。感情に従って行動するものです。特に凡庸な人間の場合はそうです。奪った金を、身近かに置かない方が安全だというのは、論理的には正しい。犯人も、何処かに隠し場所を用意したかも知れません。だが、三億円という途方もない大金を、実際に手に入れた瞬間、彼は、論理よりも、感情の支配下に置かれたことは確信してもよろしい。彼は、その瞬間、二つの不安に捕われた筈だ。警察に逮捕されないかという不安と、手に入れた大金を失いはしないかという不安と。今の時点では、恐らく後者の不安の方が強い筈です。そして、不安というものは、自然に大きくなる性質を持っているのですよ。だから、大抵の犯人が自滅してしまうのです。神社の床下に隠す？　そこへ偶然、浮浪者がもぐり込んで発見されるかも知れない。穴を掘って埋める？　犬が掘り起こしたらどうしよう。不安は果てしないものです。だから、犯人は、一瞬も、大金の傍を離れられない筈ですよ」

ポワロの言葉は、確信に満ちていた。

大造は、他の三人に眼を向けた。

「他の方のご意見はいかがですか？」

すぐには返事がなかった。が、エラリーが代表する形で、

「まず、ムッシュー・ポワロの推理が正しいかどうかを確めたらどうですか？」

と、大造にいった。メグレと明智小五郎も、黙って肯いた。ポワロの推理に同感だからそういったのか、違った推理を披露しては、ポワロに悪いと思って、そういったのか、三島には判断がつかなかった。

「それは、間もなくわかります」

大造は、腕時計に眼をやっていった。

「間もなく、監視役の神崎五郎が、ここに電話してくる筈ですから」

その声で、皆の眼が、自然に受話器に集った。

当のポワロは、平然とした顔だったが、かえって、三島の方が、胸がドキドキし始めた。

(もし、ポワロの推理が外れていたらどうなるのだろう?)

ポワロは、確かに名探偵だ。その灰色の脳細胞には定評があるし、彼自身、自分をヘラクレスに擬したりしている。だが、今度の件については、ポワロは一つのハンディキャップがありはしないだろうか。それは、犯人の村越克彦が、日本人だということである。日本人特有の性格まで考慮に入れて、ポワロは推理したのだろうか。ポワロが、日本人についてよく知っているという話を、三島は聞いたことがない。ポワロにかっかくたる名声を与えた数々の事件に、日本人が登場したというのを、三島は、知らなかった。せいぜい、ポワロとやり合うスコットランドヤードの警部の名前が、ジャップということぐらいである。勿論、これは日本人とは何の関係もない。

三島は、心配になって、ポワロを眺めたが、彼は、小さなスポンジを取り出すと、せっせとそれで、服を拭いていた。自分の推理が当るかどうかということよりも、お洒落の方が関心があるようにみえる。

二十分ほどして、電話が鳴った。受話器を取った大造は、「ああ、神崎君か」と弾んだ声でいってから、インターホーンに切りかえた。

神崎五郎の声が、部屋一杯に広がった。

――村越克彦はどうしているね？

――昨夜、空地で濃紺のカローラに金を積み代えてから、平和荘アパートに戻りました。その後は、自分の部屋に閉じ籠ったままです。

――金を、他へ隠すようなことはしなかったんだね？

――ええ。部屋に持ち込みましたよ。三億円もの大金だから、一瞬も手元から離す気にはなれんのでしょう。

――部屋の様子はどうだね？

――まだカーテンが閉め切ったままですよ。だが、寝ていないことだけは確かですね。きっと、三億円と睨めっこでもしているんでしょう。

エルキュール・ポワロの推理は正しかったのだ。

大造が、感嘆した表情でそれをいうと、ポワロは、胸をそらせて、こういった。

「私はエルキュール・ポワロですよ。ムッシュー・サトウ」

5

その日の夕方になって、警察は、現場から五百メートル離れた空地で、大造の車、六八年型トヨタ・センチュリーを発見した。勿論、三億円の金は失くなっていた。その空地に、あらかじめ別の車を用意しておき、三億円の金は、そこで積み代えたのだろうというのが、警察の見方だったが、この頃から、テレビの解説や、新聞の報道に、犯人は意識して前の三億円犯人を真似ているのではないかという意見が現われ始めた。中には、同一犯人ではないかという極端な考えも見えたくらいである。

真相を知っている三島には、そうした警察やマスコミの手探ぐりの推理が、見ていて面白かったし、可笑しくもあった。時々、犯人は、村越克彦という男で、平和荘というアパートにいると、教えてやりたい衝動にかられて、それを押えるのに苦労した。

犯人のモンタージュ写真も出来あがった。大造と三島の証言から、警察が作り上げて発表したのだが、二人の証言が曖昧だったから、出来あがったモンタージュ写真も、村越克彦に似ているところもあるが、似ていないところもあるという、ひどく曖昧なものになってしまった。村越克彦に会った人が、モンタージュ写真を思い出すことは、九十九パーセントまでないだろうと、三島は思った。

大造は、新聞に発表されたモンタージュ写真に満足していた。

「あの三億円事件のヘルメットをかぶったモンタージュ写真だって、犯人に似ていないに決っているからな。だから、これで条件は同じなのさ」

というのが、その理由だった。

「何故、似ていないと断言できるんです？」

三島が理由をきくと、大造は、そのくらいのことがわからないのかというように肩をすくめて、

「目撃者の一人、この人は、濃紺のカローラに乗った犯人を見ているんだが、モンタージュ写真に似ていないといっている。これが第一だ。犯人は現場近くに住む若い男

と考えられている。あの辺りの人口は、せいぜい十万ぐらいだろう。若い男となれば、その人数は二、三万になる。もし、モンタージュ写真がよく似ているなら、とっくに捕っている筈だ。一年以上たっても、まだ逮捕されないということは、即ち、モンタージュ写真が似ていないことの証拠だよ」

大造の断定的ない い方が、果して正しいかどうか、三島には判断がつかなかった。

村越克彦の使った濃紺のカローラが、小金井市のH団地の駐車場で発見されたのは、一週間後だった。勿論、三島たちは、村越が、カラのトランク三箇を積んで、そこへ車を捨てたことは、神崎からの報告で知っていた。

車の多い場所へ、カローラを捨てておくだろうというポワロの推理が、ここでも適中した。というより、村越克彦が、三億円犯人の行動を真似たといった方が適切かも知れない。三億円犯人も、そのH団地の駐車場に、運搬用に使った濃紺のカローラを置き捨てているからである。

その結果、同一犯人説が、真面目に、新聞で取り上げられるようになった。もし同一犯人だとすると、六億円という大金を、彼は手に入れたことになると新聞は書いた。

面白かったのは、同一犯人説に対する一般の反応だった。

三島は、それをテレビで見たのだが、前の事件のときは、「カッコいい」という意見が多かったのに、それがなくなったことだった。宝くじに一回当った人間は祝福するが、同じ人間が続けて二度も当ると、癪に触ってくるのと同じ心理かも知れない。

三島も、ひょっとすると、村越克彦は、三億円事件の犯人と同一人なのではあるまいかと、思うこともあった。

大造は、三億円犯人になるべく似た男を探して、それをモルモットに使ったといった。現場近くに住み、血液型も同じB型で、運転が出来、知能指数が平均的で、孤独でというように選んで行ったということは、警察が捜査の網をせばめて行くのと同じ方法をとったということである。だから、偶然、三億円犯人を、それと知らずにモデルにしてしまう可能性も十分に考えられるのではあるまいかと。

だが、一方では、同一犯人という考えは、滑稽だという気もしていた。三億円という大金を手に入れたのに、もう一度危険な冒険をする筈がないという気もするし、現場近くでボヤボヤしているのもおかしいという気がするからである。

6

「さて、村越克彦が、次にどんな行動をとるか、それを推理して頂きましょうか？」

大造が、四人の探偵の顔を見渡した。大造は、連日、今度の事件を、「第二の三億円事件」とマスコミが取り上げていることで、ますます楽しそうな表情になっていた。

「ここまでは、ムッシュー・ポワロの推理が、ズバリと適中したのですから、これから後も、同じ調子で行って頂きたいですね。それが、三億円事件を解決する大事なヒントにもなり得るんですから」

「私は自分の推理が当って楽しいが、この村越克彦という男は、つくづく愚かな人間だと思う」

と、ポワロがいった。

「何故です？」

大造がきくと、ポワロは、肩をすくめて、

「もっと安全な場所に逃げればいいのに、そうしないからですよ」

「外国へでも高飛びしろというのですか？」

「とんでもない。私のいうのは刑務所のことです。警察から隠れる最上の場所は刑務所です。警察というのは、何のために犯人を探がすか？　それは、刑務所へぶち込むためです。だから、すでに刑務所に入っている人間は調べない。私が村越克彦だったら、大金は何処か安全な場所に隠しておいて、小さな窃盗事件でも起こしてしばらく刑務所に入っていますね」

　ポワロのその言葉を、前にも何処かで聞いたような気が、三島にはした。あれは確か、「ダヴンハイム氏の失踪」(The Disappearance of Mr. Davenheim) 事件の中で、同じポワロがいっていたのだ。あの事件は、一九二四年に起きた筈だから、四十年以上たっても、この小さな名探偵の考えは変らないことになる。頑固な男なのだ。

「僕は、別の意味で、村越克彦の行動は面白いですね」

と、明智が、煙草をふかしながら、誰にともなくいった。

「彼は、余りにも、三億円事件の犯人と似た行動をしている。濃紺のカローラ。それに、ミスター・佐藤を止《と》めるために人形を轢いてみせた車は、プリンス・スカイラインです。確か、三億円事件の犯人も、濃紺のカローラの他に、現場の下見にプリンス・スカイラインを使っています。車の好みも同じというのは、なかなか面白いじゃありませんか」

「それは、村越克彦が、三億円事件の犯人に憧れていたからじゃないですかねえ」

大造がいった。明智は、「それもあるでしょうが、僕はむしろ――」と、いいかけてから、急に、モジャモジャ頭に指を突っ込んで、

「いや、これは僕の考え過ぎかも知れない」

と、いうのをやめてしまった。

三島は、明智の言葉が気になった。明智は、村越克彦が三億円事件の犯人と同一人かも知れないと、いいたかったのだろうか。だが、同一犯人説は、マスコミが盛んに取り上げているから、明智が、殊更、ここで発言することでもない。

（とすると、一体、何をいおうとしたのだろうか？）

と、三島は、明智の顔を見たが、彼は、腕を組み、自分だけの考えに沈んでしまったような表情になっていた。どうも名探偵という人種は、気を引くようなことをいっておいて、意地悪く黙ってしまう変な癖があるので困る。

「では、僕が、ムッシュー・ポワロのあとを引き受けましょう」

と、エラリー・クイーンがいった。

「まず、僕の推理を申し上げる前に、ひと言、お断りしておきたいことがあるので

す。僕は、今から三十年ほど前に、『ニッポン扇の謎』事件で、日本人の何人かに接したことがありました。いい人たちでしたし、特に、キヌメという沖縄生れの老女中のことは、忘れられません。控え目で、献身的で、その上、利口でしたからね。だが、この事件を本で読まれた日本の方は、僕が、日本人に対して偏見を持っているのではないかと、お怒りになったかも知れない。確かに、あの頃の僕は、恥しいことに、日本人というものを、本当に理解していなかったと告白せざるを得ません。あの事件が幸運にも解決できたのは、僕が日本人を理解していたからではなくて、犯人の女性が、僕と同じような誤まれる異国趣味に落ち込んでいたからです。弁解めきますが、時代も悪かったのです。アメリカの対日感情が悪化していました。僕は、あの事件の最中、日本人は世界で一番劣等感の強い人種だとか、ゴタゴタを起こすのが好きな困った民族だとか本気で悪口をいっていたものです。その上、本の題名まで『The Door Between』という味気ないものに変えてしまったのです。『The Japanese Fan Mystery』という優雅な題を捨ててですから、我ながら苦笑せざるを得ないのですよ。今、僕の心には、このような愚かしい偏見も、異国趣味もありません。あるのは、どんな民族でも、結局、同じ人間なのだという平凡な真理だけです。空港で、ミスター・ミシマに、日本でもハード・ボイルドが流行だと聞きましたが、これも、世界の同一性ということでしょう。もっとも、僕にとって、こういう同一性は、あまり愉快ではありませんが」

エラリーは、三島をちらっと見て、クスクス笑った。

「そこで、村越克彦という青年の行動を考えるわけですが、僕は、今いったような理由で、彼を、特別に日本人として意識して推理はしません。人間なら、アメリカ人でも日本人でも同じように反応する筈だと確信するからです。特に今の若者には、国による違いなど殆どないといってよいでしょう。今朝、僕は、ホテルで、今度の事件を扱っているジャパン・タイムズの記事を読みました。前の三億円事件の場合と同じように、今度の事件でも、犯人は、厳罰に処せられず、せいぜい五年以内の刑だろうと書いてありました。この記事は、当然、日本の一般新聞にも載り、村越克彦も読んだ筈です。となると、彼は、逮捕されたときの刑罰の怖さをあまり感じていない筈です。彼が、今感じている恐怖といえば、手に入れた大金を失いはしまいかということだけだと思う。警察が怖いとしても、刑の怖さではなくて、捕まれば、その結果、大金を失うという怖さだと思いますね。そうなると、平和荘というアパートに、いつまでもじっとしてはいられない筈です。あの安アパートでは、絶えず火災や地震を心配しなくてはならないでしょう。一般の人にとっては、ただ逃げればよいことでも、彼にとっては、致命傷になるからです。札束は、火事で簡単に灰になってしまいます。その上、焼け焦げた紙幣を大量に銀行へ持って行って取り換えれば、忽ち怪しまれるに決っています。それに、近くを刑事たちが動き廻っている不安もあります。前の三億円事件同様、今度の事件でも、警察は、土地カンのある犯人と考えているからです。だから、間もなく、村越克彦は、あのアパートから逃げ出すでしょう」

「何処へ逃げるとお考えですか?」

「場所はわかりません。だが、二つのことだけは確言できます。一つは、決して地方都市には逃げないだろうということです。どこの国でも地方都市というのは、住民が詮索好きだからです。それに、折角手に入れた八十万ドルの使い道にも困るでしょう。だから、僕は、逆に、もっと東京の中心に近いところに移るだろうと考えています。犯人にとって、雑沓の中が一番安全だというのは、古今を通じて変らない真理ですからね。第二は、火災や地震に心配のない鉄筋のマンションに行くだろうということです。ひょっとすると、今頃、村越克彦は、あの安アパートの一室で、マンションのカタログを並べて、何処にしようかと考えているかも知れません。それから、恐らく、マンションに移ったあと、彼は車を買うでしょう。事件の経過を見ていると、彼が車好きなことは明らかです。それに、逃げるということを考えれば、そのための足を欲しくもなるでしょうからね。だから、車を持てばスポーツ・カーでしょう。これだけのことは、自信を持っていうことが出来ますね」

「彼がギャンブルに熱中することは、考えられませんかね？」

大造が、きいた。

「ギャンブル好きなことは、わかっているのだし、今度は、ドカッと軍資金が入ったのだから、夢中になることは、十分に考えられるでしょう？」

「それは、考えられないことはありませんね。だが、まず、彼は都心のマンションに移り、スポーツ・カーを買います。ギャンブルをやるとしても、そのあとでしょう。何故なら、今、競馬場に行くとして、三億円の金を担いで出かけることは出来ないからです。また、日本は、アメリカのように、ノミ屋が公認されてないので、電話で馬券を買うことは出来ないとも聞いています。そうなると、大金を部屋に隠して出かけなければならない。これは、心配で競馬を楽しむどころじゃありませんよ。盗難の心配から、火事の心配までしなければなりませんからね。だから、ギャンブルに熱中するとしても、鉄筋のマンションに移ってからです」

「成程。火事や盗難の心配は少くなりますからね。それでも心配なら、スポーツ・カーのトランクに全額を放り込んで出かければいいんだから」

「いや。そんなことは、絶対にしませんよ」

「何故です？　今、あなたは、いざという時、金を積んで逃げるために、スポーツ・カーを買うに違いないといわれた筈ですよ」

「それは、あくまでも、いざという時です。ギャンブルに出かける時に、三億円を車に積んで出かけたりはしません。これは断言できます。何故なら、人間というものは、自分の経験に照らして物事を判断するものだからです。村越克彦は、今度の事件で、少くとも二台の車を盗んでいます。恐らく、前にも盗んだことはあるでしょう。だから彼は、車というものは、やたらに盗まれるものだと考えているに違いありません。特に、カッコいいスポーツ・カーの場合は猶更です。こんな考えの持主は、ギャンブルに出かけるとき、車に大金など積み込んだりは、絶対にしないものです。前の三億円事件の犯人も、同じと考えていいでしょう」

「マンションに移ったあと、村越克彦が、用心のために、金庫を買ったり、部屋に作りつけの金庫をこしらえさせるということは、考えられませんか？　よく映画に出てくる、名画の額縁をどけると、そこが金庫になっているやつですが」

と、今度は、三島がきいた。エラリーが、微笑して三島を見た。

「それは、面白い意見です。恐らく、犯人も、金庫を持つということに魅力を感じると思いますね。一つは、安全ということのためと、もう一つは、自己満足のためです。自分の部屋に、大金の入った金庫が置いてあるのは、若者には、いい眺めに違いありませんからね。ただ、僕がそれをいわなかったのは、日本人の間に、金庫を持つ習慣があるかどうか、不案内だったからです。僕は、何本か日本の映画を見ましたが、その中に、金庫をあけるシーンが、一つもなかったものですからね。だから、恐らく、金庫を買うだろうと思いますが、今は、保留にしておきたいのです。僕の推理は、ここまでにしておきましょう」

エラリーは、自信に満ちた顔でいい終ると、ブライヤーのパイプに新しい煙草をつめて、火をつけた。

三島は、ポワロが推理したとき、ひょっとして、彼の推理が外れるのではあるまいかという危惧を抱いたが、今度は、エラリーの推理は必ず当るだろうという気がした。ポワロの推理が、ピタリと適中したこともあったし、村越克彦の年齢に近い三島が考えてみても、ポワロやエラリーの推理は、納得できるものを持っていたからである。

「神崎の報告が楽しみですな」

と、大造がいった。

7

神崎五郎からの電話は、なかなか掛って来なかった。

二日後の午後になって、電話の代りに、神崎自身が、大造の部屋にやって来た。丁度、四人の名探偵たちも集って雑談を交わしていたのだが、誰もが、驚いた顔で、神崎を眺めた。

一番、びっくりした顔になったのは、佐藤大造だった。

「君には、村越克彦の監視を頼んでおいた筈だぞ」

大造が咎めるようにいうと、神崎は、サングラスをかけたまま、ニヤッと笑った。

「その必要がないので、ここに来たんですよ」

「必要がない？　じゃあ、逃げられたのか？　それとも、警察に捕ったのか？」

「そのどちらでもありません」

「どっちでもないというのはどういう意味だ？」

「村越克彦は、あの安アパートから逃げ出す気です。恐らく、三億円という大金を隠しておくにはふさわしくない場所だと思ったんでしょう。私でも、あんなガタピシしたバラックでは、大金を持ってオチオチ眠れませんよ」

「そんなことは、ミスター・クイーンが、ちゃんと見抜いておられるよ」

「ほう」

ナングラスの顔が、エラリー・クイーンに向けられた。エラリーに、微笑しただけだった。

大造は、いらいらした声で、

「その後は、どうなったのかね？」

と、神崎にきいた。神崎は、また大造に顔を向けた。

「私は、事件の起こる前から、前もってあのアパートの電話に盗聴装置をつけておいたのですが、村越は、一昨日あたりから、電話で、都内のマンションにかたっぱしから問合せを始めました。そして、今日の午前中に、あるマンションを買うことに決めました。一千八百万円の３ＤＫの豪華なマンションです」

「何処のマンションだ？　ミスター・クイーンは、都心に近いマンションだろうといったが」

「確かに、都心に近いマンションです。何処の何というマンションかわかりますか？」

「わたしにわかる筈がないだろう」

大造は、苦笑して見せたが、急に、鼻の頭を手でこすると、「まさか――」と、神崎にいった。

「まさか、このマンションのことをいっているんじゃあるまいね？　ここには空部屋はない筈だし、村越克彦は、わたしがここに住んでいることを知っている筈だ。わたしと顔を合せるような馬鹿な真似はしないと思うが」

「勿論、ここではありません。村越克彦が選んだのは、渋谷に新しく出来たニュー・シブヤマンションです」

「何だって？」

大造の顔に驚きが走り、それから、大きな声で笑い出した。

「あのニュー・シブヤマンションは、わたしが金を出して建てさせたものだよ。ホテル形式を取り入れた、新しいマンションだが、それに村越克彦が入居するとは考えてもみなかったな」

「管理は、不動産会社に委せてありますから、村越克彦も、あのマンションが、あなたの持物だとは気がつかなかったんだと思いますね。ただ――」

神崎は、言葉を切って、ニヤッと笑った。

「これで監視が仕易くなったといえるかも知れませんな。村越克彦が、正式に入居するのは、三日後です。それまでに、あの部屋に盗聴装置を取りつけることは、簡単ですよ」

「なかなか面白い。勿論、それもやって貰うが、それよりどうだろう——」

大造は、四人の探偵の顔を、探ぐるように見廻した。

「われわれ全員で、そのマンションに移ってみませんか？　わたしの持物で、入居者の募集を始めたばかりですから、部屋は自由に確保できます。それに、ホテル形式で、バーやロビーもありますから、退屈はしませんよ」

早口で、それだけいうと、大造は、もう名探偵たちが了解したような顔になって、

「村越克彦は、何階の部屋に入るんだ？」

と、神崎にきき、五階という返事が戻ってくると、

「それなら、五階の部屋を、われわれのために取って置き給え」

と、いった。

四人の探偵は、大造の独り合点や、やたらに忙しい喋り方に、顔を見合せて苦笑していたが、ホテルから、そのニュー・シブヤマンションに移ることには別に反対は唱えなかった。むしろ、事の成行きを面白がっているように見えた。

「村越克彦の隣りの部屋は、わたしが入る」

と、大造は、神崎にいった。

「だから、盗聴装置は、わたしの部屋に継ぐようにしたまえ。彼がどんな行動をとるか、わたし自身で確めたいからね」

「わたしはどうします？」

と、神崎がきいた。大造は、下らない質問をする奴だなというように、舌打ちをしてから、

「君は監視役じゃないか。当然、五階の一部屋に入るんだ。移動は明日中に全部すませるんだ。三島君。君も当然、ニュー・シブヤマンションに移って貰うぞ」

大造は、三島に向って、命令するようにいってから、今度は、四人の探偵に向って、楽しそうに笑って見せた。

「ニュー・シブヤマンションに先乗りして、われわれのモデルが、どんな顔をして入居してくるか、見てやろうじゃありませんか？」

8

ニュー・シブヤマンションは、地下二階、地上九階の高層建築で、地下は駐車場、一階は、ロビーとバー、それに高級レストランになっていた。バーとレストランは、有名店との契約ということになっている。

五階の五〇六号室が、村越克彦の買い取った部屋で、大造が左隣りの五〇五号室、神崎五郎は、監視役ということでその隣りの五〇四号室に入った。三島は、大造の秘書兼運転手ということで、大造の入った五〇五号室の一部屋を与えられた。

四人の探偵たちは、エラリー・クイーン、エルキュール・ポワロ、メグレ、明智小五郎の順で、五〇七号から五一〇号までの部屋も与えられたが、この順序は、別に意味はなかった。村越克彦の行動を通して、三億円事件の犯人を推理するという仕事のときには、大造の部屋に集ることになっていたからである。

移動は、翌日行われたが、これは、思ったより簡単だった。大変だと考えたのは、三島の貧乏人意識というもので、金さえあれば、どんなことでも簡単な世の中なのだと、改めて、三島は知らされた思いがした。

大造は、前のマンションの部屋も家具もそのままにして、新しく家具を買い込んだから、引越しの手間はかからなかった。四人の探偵の部屋にも、勿論、家具や調度品が運び込まれた。いずれも、豪華な高級品だったが、これは、名探偵への敬意ということもあったろうが、彼等が出たあと、「高級家具調度品付き」ということで、高く売りつける気なのかも知れない。

だから、その日一日忙しかったのは、近くの高級家具店だけだった。急なことだったので、名探偵一人一人の好みに合わせるというわけにはいかず、高級品だが、同じ物ということで、四人の部屋は、全く同じ模様になってしまったのは仕方がないだろう。

それから二日後に、村越克彦が入居したのだが、その日は、四人の探偵と三島が、ロビーに下りて、自分たちのモデルが到着するのを待ち受けた。

大造と神崎は、顔を知られていたし、罠にはめた当事者ということで、各自の部屋に閉じ籠っていた。

村越克彦が、移ってくるのは、午後二時ということになっていた。その時刻が近づくと、三島は、何となく落着かなくなったが、四人の探偵は、のんびりと、雑談を交わしていた。

ロビーには、三島たちの他にも、入居者が何人かいたし、高級マンションということもあって、外国人の顔も混っていたから、エラリーたちは、それほど目立たなかった。

「僕は、大分前ですが、パリ警視庁に伺ったことがあるのですよ」

と明智が、フランス語でメグレに話しかけていた。

「一九二九年です。その時のことで忘れられないのは、当時の警視総監のデマリオン氏や警察官のエベール氏に会って、アルセーヌ・ルパンについていろいろ知識を得たことです。もし、あの時、ルパンについて十分な知識を得ていなかったら、翌年、東京でルパンと戦ったとき、勝つことは出来なかったと思いますね」

「ルパンは、日本にも来たのですか」

メグレは、肩をすくめてから、ブラックコーヒーを一口のんだ。

「あの男は、何処の国へでも顔を出しています。それも、ナポレオン皇帝気取りだから困ったものです。私は、一九三一年に警察に入ったので、ルパンと戦わずにすみましたが、あの男は、日本で何をしたのですか？」

「国宝の美術品を狙いましたよ。だが、今になって考えてみると、彼が懐かしくて仕方がありませんね。黄金の仮面をかぶって、われわれの前に現われたのですが、あの颯爽とした姿は、忘れられません。日本人の間にも、不思議な人気がありましてね。大鳥不二子という素晴らしい美人が、ルパンの恋の虜になってしまったくらいです」

「だから困るのですよ」

メグレは、苦笑した。

「僕も、パリ警視庁には、いろいろとお世話になっているのですよ。この際、お礼を申し上げます」

と、今度は、エラリー・クイーンが、メグレにいった。メグレの穏やかな眼が、エラリーを見た。

「そうでしたか？　ムッシュー・クイーン、あなたとは、日本で初めてお会いした筈だと思うのですが」

「確かにそうです。パリ警視庁に、フィリップ・オルレアンという人がおられるでしょう？」

「ええ。優秀な犯罪検証の専門家ですが、彼がどうかしたのですか？」

「一九三六年に、僕が『中途の家』事件を手がけたとき、丁度、オルレアン氏がアメリカの警察を見学しに来られていましてね。それで、氏の素晴らしい技術で、あの事件を助けて頂いたのです。兇器についていた指紋のことで、法廷で証言して頂いたわけですが、あれが、真犯人を見つけ出すのに大変役に立ちました」

「パリに戻ったら、彼に伝えましょう。喜ぶと思います」

メグレは、微笑した。何となくメグレを中心に話が弾んでいるのは、彼の人柄なのかも知れない。それとも、八十キロを超す彼の巨体のせいだろうか。

ポワロも、総理大臣が誘拐された事件で、フランスに出かけた時のことを話し、あの時、ムッシュー・メグレを知っていれば、助勢をお願いしたでしょうといった。どうやら、四人の名探偵は、フランスやフランス人によって、奇妙な結ばれ方をしている感じだ。

四人が、腰を上げて、バーに行ったのを機会《しお》に、三島は、マンションを出た。玄関に出るとき、バーの方で、「ビール小ジョッキ一つ」というメグレの声が聞こえた。

三島は、呑気な人たちだなと苦笑してから、マンションの外の陽溜りで立ち止まり、腕時計に眼をやった。あと五分で二時になる。村越克彦は、どんな顔をして、ここにやって来るだろうか。

三島は、ふと、彼が可哀そうになってきた。

村越克彦は、自分で知らずにモルモットにされているのだ。それも、ただのモルモットではなく、三億円という大金を餌にされたモルモットだ。これが、せいぜい二、三百万円の額ならどうということもないが、三億円という途方もない金額だけに、三島には、かえって残酷な気がするのである。三億円事件の犯人を推理するための実験だと、大造はいった。が、見方を変えれば、一人の青年が、三億円という大金を手にして、どれだけその人格が破壊されるかを試しているのだと考えられなくもない。しかも、三億円という餌は、大造がその気になれば、いつでも取り上げることが出来るのだ。

(残酷物語だな)

と、三島が呟いたとき、彼の眼の前に、シルバーメタリックのスポーツ・カーが滑り込んできた。車は、入口の前でとまり、運転していた若い男が、窓から顔を出して、マンションを見上げた。

最初、三島は、その青年に見覚えがないような気がしたが、ないと思ったのは、ヒッピー風のスタイルとトンボ眼鏡のせいで、よく見ると、8ミリフィルムで見た村越克彦だった。

三島は、一寸顔をそらせた。金を奪われた時、顔が合っていたからだが、村越の方では、大造の顔は覚えていても、運転手でしかなかった三島は、覚えていないようだった。視線が合っても、向うは平然としている。

村越は、車を地下駐車場に動かして行った。メルセデスベンツ二五〇Sというスポーツ・カーで、新品だから三百万円以上はする代物だった。スポーツ・カーを買うだろうというエラリー・クイーンの推理が適中したことになる。

村越克彦は、車を地下駐車場に置くと、ロビーに上って来た。手には何も持っていなかったが、管理人つきの地下駐車場ということで、安心してトランクに三億円を置いて来たのかも知れない。

三島は、彼と入れ違いに地下駐車場に下りてみた。地下一階も十分空いているのに、そこには、なくて、地下二階の、それも一番奥に、メルセデスベンツがとめてあった。ウインドグラス越しに運転席をのぞくと、厳重に盗難防止装置がほどこしてあった。三島は、村越が二台の車を盗んだのを思い出して、何となく可笑しくなった。

車の後に廻って、リアトランクを、指先で軽く叩いてみた。ここに三億円が入っていることは確実だと思った。ポワロたちが、犯人は秘密の場所にかくすことはあり得ない。いつも身近かに置く筈だと断言したからだけではない。三島が犯人だとしても、大金は身近かに置くと思う。そうでなければ、不安で仕方がないだろう。

（トランクをあけて、確めたい）

と考え、もう一度、軽く指先で叩いたとき、

「何をするんだ？」

と、鋭い声が飛んできた。

村越克彦が、眼の前に突っ立っていた。三島は、狼狽し、

「いい車だね」

と無理に笑って見せた。村越はニッコリともしない。その重苦しい空気をそらせようと、三島は、煙草を取り出して火をつけた。

「メルセデスベンツだね」

「ああ」

「僕は、このマンションの住人だが、君は？」

「今日から住むことになったんだ」

「じゃあ、よろしく」

三島は、握手をしようと手を差し伸べたが、村越は、ふンというように横を向いてしまった。三億円という大金を持ったための必要以上の用心深さなのか、それとも、村越克彦という青年の生れつきの排他的な性格なのか、三島には判断がつかなかったが、前者だとしたら、可哀そうだと思った。三億円を持っている限り友人は持てないだろう。

三島は、相手に背を向けた。一階のバーに行くと、四人の探偵は、相変らず呑気に酒をのんでいた。

三島は、明智小五郎の横に腰を下して、

「村越克彦が来ましたよ」

と、小声でいった。

「みんな知っている」

明智は、あっさりといった。

「じゃあ、見に行きませんか？　今頃、三億円の金を、汗をたらして部屋に運び込んでいると思うんです」

「まあ、そんなところだろうね」

明智は、笑ったが、腰を上げる気配はなかった。

他の三人は、三島たちが日本語で喋っているせいもあるのか、相変らずフランスの思い出話にふけっている。まるで、三億円のことも、村越克彦というモルモットのことも忘れてしまったような感じだった。

（名探偵たちも、年なのかな）

と、三島は、ふと失礼なことまで考えた。村越克彦の行動をズバリ、ズバリと当てたところは流石だと思ったが、その反面、妙に懐古趣味にふけっているようなところもある。

「こんなところに、腰を落ちつけていていいんですか？」

三島がきくと、明智は、クスクス笑った。

「それなら、われわれ四人が、村越克彦の部屋に行って、世界の代表的な名探偵が、お前を監視しているぞと、挨拶でもしろというのかね？」

その皮肉ないい方に、三島の顔が赧らんだ。名探偵というのは、どうしてこう皮肉屋が揃っているのだろう。

「しかし、ここで呑気に酒をのんでいても仕方がないと思うんですが――」

「別に呑気にはしていないよ」

明智は、煙草に火をつけ、美味そうに煙を吐き出した。

「相手にべったりくっついて、尻を追いかけなければ監視できないと思うのは、頭の悪い刑事の考えだよ。ムッシュー・ポワロや、ミスター・クイーンが、想像だけで、村越克彦の行動をピタリと当てたのを、君も見た筈だ。相手が、このマンションに来たとなれば、猶更、追い廻す必要はない。どうだね？」

「それなら、これからの村越克彦の行動が、貴方に推理できますか？」

三島は、挑戦的な口調でいった。明智の口元に笑いが拡がった。

「僕がムッシュー・ポワロだったら、私を誰だと思う、私はエルキュール・ポワロですぞ、と君を叱りつけるところだね。順番からいえば、僕かムッシュー・メグレだが、君の要望に応えて、僕が先に推理してみよう。村越克彦は、ここに来て、いくらか落着いた気持になったろうと思う。新聞を見たところ、警察が彼に目をつけた気配はないし、スポーツ・カーを買えば、いつでも逃げ出せるからね。そうなると、村越が考え始めるのは、まず金の使い道だ」

「スポーツ・カーは買ったから、もう車は買わんでしょう」

「ある有名な作家が、自分にとって栄光とはセックスの氾濫を意味しているといったことがある。それほど、男にとって、金や栄光は女と結びついているということだよ。特に青年にとっては、その意識が強い筈だ。村越克彦は、どちらかといえば、孤独な人間だった。孤独な青年というのは、一見、欲望が弱いようにみえるが、実際は逆だな。落着いた彼が、まず考えるのは、女だと思うね。スポーツ・カーを買ったのも、勿論、逃げる時の用意ということもあるが、女を作りたいという欲望の現われとみることもできる」

「すると、バーやキャバレーめぐりでも始めるでしょうか？」

「どうして、そう想像力がないのかね」

明智は、苦笑して肩をすくめた。三島の顔が、また赧くなった。

「しかし、金を盗んだ犯人というのは、たいてい、バーやキャバレーに入りびたるものじゃありませんか？　酒と女に溺れれば、警察に追われているという不安が忘れられますからね。だから、逮捕されたときは一円も持っていないという犯人が多いんじゃないですかね」

「奪《と》った金が二、三十万なら、君のいうような行動に出るだろう。だが、三億円となると話が違う。三億円という大金が、逆に人間の気持を規制するんだ。既に、彼は、三千数百万のマンションを買い、スポーツ・カーを買った。ある意味で、もう、三億円という金が彼を縛り始めているんだよ。もう、村越克彦は、この規制の中で生きていかざるを得ないというわけだ。もっとも、この生活は、今の若者の理想かも知れないがね。恐らく、彼は、ひとりぼっちであの安アパートにいる時、高級マンションに住み、スポーツ・カーを乗り廻す生活を夢見ていたのだと思うね。今頃、彼は、家具店に電話して、高級家具を運び込ませているだろう。そして、次は、この生活にふさわしい女を探がし始めると思うね。バーやキャバレーの女がふさわしいとは、絶対に思わぬ筈だよ」

「じゃあ、どんな女を？」

「今の若者が、どんな女を高級と考えているかによるね。君はどう思うね？」

「そうですね。若いテレビタレントかファッションモデルなんかじゃありませんかね」

「まあ、そんなところだろうね。村越克彦は、恐らく、そんな女をハントしに出かけると思う。スポーツ・カーというハントの道具もあるしね」

「テレビタレントやファッションモデルが、よくいる所というと、六本木や赤坂あたりですが――」

「じゃあ、そこへスポーツ・カーに乗って出かけるだろう。そして、女をこのマンションへ連れてくるな。ひょっとすると、同棲を始めるかも知れない。高級マンションに住み、スポーツ・カーを乗り廻し、金もあり、若い。それに、なかなかハンサムでもある。カッコいい若者だ。たいていの女をハントできるだろう」

「そのあとは、どうなります？」

「僕の推理は、ここまでにして置こう。このあとは、ムッシュー・メグレがやってくれる」

明智は、それだけいって、新しい煙草に火をつけた。

9

三島は、明智の推理を、大造に伝えるために五階に上った。

五〇五号室の大造の部屋に入ると、大造は、隣室から引いた盗聴装置にかじりついていた。

「どうです？」

と、傍へ行って、三島がきくと、大造は、肩をすくめてから、

「奴は、さっきから電話をかけ通しだよ。今に、ベッドやテーブルやソファが続々運び込まれてくるぞ。どれもこれも高級品がね」

「ミスター・明智の推理が、当ったようです」

三島は、明智の推理を大造に話した。大造は、フンフンと鼻を鳴らしながら聞いていたが、

「ガールハントというのはどうかねえ」と、くびをかしげた。

「わたしが犯人なら、そんな面倒なことはしないで、手っとり早く、金で女を買うがねえ」

「ミスター・明智にそんなことをいうと、想像力が貧困だと笑われますよ。金で女を買うのは奪った金が二、三十万の時だそうです」

「そんなものかねえ」

大造は、もう一度、くびをかしげてから、急に、「そろそろ始ったな」と、マイクのボリュームをあげた。隣室の音が、大きく聞こえてきた。どうやら、家具などが運び込まれて来たらしい。

「ベッドは、もっと壁にくっつけて」とか、「ソファは、もう少し下げて」と、命令する村越克彦の声が聞こえてくる。楽しそうな声だった。

家具が終ると、次には、金庫が運び込まれてきた。扱い方を説明している金庫屋の声が聞こえてくる。

「やっぱり、金庫を買いましたね」

と、三島は大造にいった。金庫の件は、いわば三島の推理だから、それが適中したことは嬉しかったが、ピタリと当ったことが、何となく薄気味悪い気がしないでもなかった。名探偵たちにも、こうした戸惑いに似た気持があるのだろうか。それとも、彼等は、自分たちの推理に自信満々だから、適中したところで、ただ当然と思うだけだろうか。

隣室の気配が静かになった。業者が全部帰ったらしい。

「丁度、金を金庫に入れているところでしょうね」

と、三島は、大造にいった。これで、村越克彦は、心理的な部分を除いては、三億円の金が盗まれるという不安は消えたことだろう。鉄筋のマンションと、金庫が、火事や地震の不安も消してくれる筈だ。

「例の三億円事件の犯人も、村越克彦と同じように、都心の高級マンションに住み、スポーツ・カーを買い、金庫に金をしまっているんでしょうか？」

「村越克彦の性格は、三億円の犯人に似ている筈だし、それでなくても、若者は似たような行動をとるものだ。犯罪者で、しかも三億円という金に縛られていれば、猶更、その行動は似たものになってくるだろうと思う。わたしの狙いもそこにある」

「だとすると、警察は、盗難車だとか、運転免許証なんか調べていずに、都心の高級マンションと、スポーツ・カーの持主と、金庫を買った人間を調べた方が、早く犯人を捕えられるということになりますね」

「ところが、警察というところは、そういう飛躍した行動がとれんようになっているんだな。あれも一種の官僚組織だから、安全第一主義なのさ。コツコツと地道にやれば大きな失敗はしないし、失敗したところで、非難は受けまいと計算しているのだと思うが、例の三億円事件や、連続射殺事件のような常識外れの事件が起きると、お手上げということになってしまうのだ。だから、近頃の事件を見てみたまえ。解決はたいてい市民からの通報がきっかけになっている。名探偵さんたちにいわせれば、今の警察に一番不足しているのは、想像力ということになるんだろうが」

「想像力の不足というより、想像力によって事件を解決する方法がとれないといった方が正しいんじゃありませんか？」

「そうかも知れん。だからだな」

大造は、得意そうに、ニヤッと笑った。

「今度の事件の経過を書いて、わたしは本にする積りだ。タイトルは、『こうすれば三億円犯人は逮捕できる』だ。この本は売れるぞ。何しろ、世界の名探偵が推理したのだし、村越克彦というモデルがいて、その推理の正しさを証明するのだからね。ベストセラーは間違いないし、同時に、古くさい捜査方法に固執している警察への警鐘にもなる」

その用意に、今までのことは細大洩らさずテープにとってあると、大造は自慢そうにいった。

隣室のドアのあく音がした。どうやら、村越は外出するらしい。

「つけましょうか？」

と、三島がきくと、大造は、くびを横にふって、

「神崎がつけるからいい。それより、隣りの部屋をのぞいて見ようじゃないか。三億円を手に入れた若者が、どんな風に部屋を飾り立てるか興味があるからね」

「鍵はどうするんです？」

「わたしがこのマンションの持主だということを忘れては困るね」

大造は、鍵の束の中から「五〇六号」という木札のついた鍵を取り出して、三島の眼の前で振って見せた。

「さあ、隣室を拝見といこうじゃないか。ミスター・明智の推理が正しいとすれば、村越克彦は、ガールハントで暫くは戻って来ない筈だからね」

二人は、部屋を出て、隣室のドアまで足を運んだ。廊下に人影のないのを見すまして、大造が鍵をあけ、二人は、部屋に入った。

部屋には、三島が想像した通りの家具や調度品が並んでいた。居間には、厚い外国製のじゅうたんに応接セット。それに、ステレオとカラーテレビ。寝室には、高級ベッド。それに、大きな金庫が、ベッドの横にデンと置かれてある。

「これが、今の若者の理想の住いかね？」

大造は、感嘆とも皮肉ともつかない眼を三島に向けた。「さあ」と、三島は、くびをかしげて見せた。

「だが、あの安アパートに比べれば、この住いが、彼にとって天国に見えることだけは確かでしょうね」

三島は、頭の中で、いくらぐらいかかっているだろうかと計算してみた。この部屋の購入費やメルセデスベンツの代金を入れて、全部で三千万ぐらいだろうか。三千万円で王国が手に入るのだ。これを高いというべきだろうか。それとも安いというべきだろうか。

あの三億円事件の犯人も、今頃、これと同じような王国を手に入れているだろうか。

「盗んだ金だと、派手に使うものだな」

と、大造が苦笑した。確かに、一見派手な使い方だが、三島は、逆に地味な使い方という印象も受けた。買ったものが、殆ど全て耐久消費財と呼べるものだからである。村越克彦は、ここに落着く気になっている。それは三億円の重味のせいだろう。金を盗《と》った犯人というのは、たいてい刹那的な生き方をするものだが、三億円という金額がそれをさせないのだ。三億円を持って、全国を逃げ廻るわけにはいかない。そんなことをすれば、かえって怪しまれるし、金を盗られはしまいかという不安に、絶えず悩まされていなければならない。だから、三億円という額が、否応なしに、犯人を一定の場所に落着かせてしまうのだ。

(それを考えると、やはり、三億円事件の犯人も、村越克彦と同じ行動をとらざるを得なかったろう)

と、三島が考えたとき、ふいに、寝室の電話が鳴った。

三島は、反射的に手を伸ばしかけて、あわててその手を引っ込めた。ここは村越克彦の部屋なのだ。

(しかし、一体、誰からの電話だろう?)

三島は、大造と顔を見合せた。村越は三億円の強奪犯人なのだ。ここの住居も電話も、誰にも知られたくない筈だ。

電話は、鳴り続けている。

「一体、誰が掛けて来たんだろう?」

と、大造が眉をしかめたとき、

「その電話に出ちゃあ駄目だ」

と、背後から鋭い声をかけられた。驚いてふり向くと、いつの間にか、明智小五郎が寝室の入口に立っていた。

電話は、三分近く鳴ってから、急に鳴り止んでしまった。

「一体、誰が掛けて来たんだと思います？」

大造が不審そうにきくと、明智は、クスッと笑って、

「そんな簡単なことがわかりませんか？」

「家具店や金庫屋からでしょうか？　まさか警察じゃないでしょうね？」

「そのどちらでもありませんよ。今のベルは、かっきり三分間鳴っていました。恐らく、相手は公衆電話から掛けたんでしょう」

「そいつは誰です？　じらさんで教えて下さい」

「村越克彦ですよ」

「本人が自分の部屋へ電話したというんですか？　一体、誰と話すためにです？」

「話すためではなく、様子を探るためにですよ。誰かが出れば、それは即ち、彼にとって危険信号になりますからね。ひどく不十分な方法だが、今の村越克彦にしてみれば、一つの自衛手段ですよ。だから、また掛ってくるでしょうね」

「成程。さすがは明智さんですな」

と、大造は、感心したようにいった。明智は、苦笑しただけである。

三島たちは、大造の部屋に戻った。

殆ど一時間置きぐらいに、隣室の電話が鳴った。自衛手段に本人が掛けて来ているのだという明智の指摘は、当っているようだった。

夜に入って、神崎から電話連絡が入った。

「彼は、六本木近くで、若い娘《こ》をハントして、今、江の島近くのドライブ・イン・シアタアに来ています」

「どんな女だね？」

大造が、笑いながらきいた。

「眼の大きな、なかなかの美人です。洗練された服装からみて、恐らく、ファッションモデルじゃないかと思います。二人は意気投合したようです」

電話が切れたあと、大造は、明智の顔を見て、大袈裟に、「すごいもんですなあ。あなたの推理がピタリと当っている」と、英語でいった。

三人の外国人は、ニヤニヤ笑っている。このくらいのことが適中するのは、当然だと思っているのかも知れない。

村越克彦が、ハントした女を連れて戻って来たのは、午前一時に近かった。

急に、隣室が賑やかになった。盗聴マイクを通して、二人の弾んだ声がひびいてくる。その会話を通じて、三島たちは、女のことをかなり知ることが出来た。わかったことは、三島が英語に翻訳して、ポワロたちに知らせた。

名前は、金城ゆり子。二十歳。名前が示すように、沖縄生れの女のようだった。それを三島が聞かせると、エラリー・クイーンは、「おお。オキナワ！」と、大きな声をあげた。恐らく、「ニッポン扇の謎」事件で会った沖縄女性の印象がエラリーに残っていて、それを思い出したのだろう。

職業は、明智が予想したとおりファッションモデルらしかったが、あまり売れている感じではなかった。

その中《うち》に、隣室から、クリスマスキャロルの曲が聞こえて来た。三島は、もうすぐクリスマスだったことを思い出した。例の三億円事件の犯人も、今度と同じに犯行後二週間目にクリスマス・イヴを迎えた筈である。その時、犯人は、村越克彦と同じように、若い娘とクリスマスキャロルを聞いていたろうか。

「あと三日でクリスマス・イヴだったね」

とポワロが、この男には珍しく神妙な顔つきで呟いた。

「クリスマス・イヴには、ロビーで盛大にパーティを開くつもりですよ」

大造が、ポワロに向っていった。日本的なドンチャン騒ぎを予定しているらしいが、それがポワロやメグレたちに歓迎されるかどうか、わからなかった。

クリスマスキャロルが終ると、今度は賑やかなゴーゴーのリズムが聞こえてきた。曲の合い間に、若い女の派手な笑い声が聞こえてくる。

その中に、二人はベッドに入ったらしく、笑い声が怪しげな声に変ってきた。のぞき趣味のある大造は、ニヤニヤ笑って聞いていたが、四人の名探偵は、辟易したように肩をすくめてから、自分の部屋に引き揚げてしまった。

「探偵さんたちは、意外に純情なんだね」

と、大造は、三島に向って笑って見せた。純情というよりも、古風というべきだと三島は思った。彼等は、何でも見てやろう式のハード・ボイルド探偵ではない。エラリー・クイーンのいい方を真似れば、セックス・アピールが売りものではないというべきか。彼等は、古風で、格調の正しさが誇りなのだ。

10

翌日、昼近くに三島がロビーに下りて行くと、村越克彦が若い女と肩を寄せ合って、ソファに腰を下しているのが眼に入った。三島は、彼女が、金城ゆり子だなと思い、離れたところに腰を下し、煙草に火をつけて、それとなく観察した。

眼がひどく大きい。なかなか美人だった。ミニからすらりと長い足が伸びている。

ファッションモデルだけに、ドレスの配色も気がきいている。三島は、エラリー・クイーンが、「ニッポン扇の謎」事件の中で、沿縄の人間に、日本人よりスタイルがいいといっていたのを思い出した。彼は、今でもそう信じているだろうか。

二人は、何か面白そうに喋り、時々、明るい笑い声を立てている。どうやら、若者同士、完全に意気投合したらしい。明智小五郎の推理したように、二人は、このまま同棲を始めるかも知れない。

(彼女は、寝室にある金庫をどう思ったろう?)

(村越克彦は、あの中に何が入っていると、女に説明したのだろう?)

二人の顔を見ながら、三島がそんなことを考えていると、四人の名探偵たちが、ドヤドヤとロビーに下りて来た。クイーン、ポワロ、明智の三人は、ロビーの椅子に思い思いに腰を下し、ジャパン・タイムズに眼を通したり、村越克彦と金城ゆり子を、それとなく観察したりしているが、メグレだけは、ロビーを素通りして、バーへ直行だった。

三島は、一寸考えてから、立ち上ってバーへ足を運んだ。メグレに、明智のあとを推理して貰わなければならなかったからである。

メグレは、大きな身体を、窮屈そうに止り木にのせて、ビールを飲んでいた。

三島は、メグレの横に腰を下し、ハイボールを頼んでから、「ムッシュー・メグレ」とフランス語で声をかけた。

メグレは、ジョッキを置き、パイプを取り出して、ゆっくり煙草をつめている。

「今度は、あなたの番ですよ。ムッシュー・メグレ」

と、三島がいうと、メグレの顔に微笑が浮んだ。

「推理ゲームの続きだね」

「あなたは、ゲームはお嫌いですか?」

「何故、そんなことをきくのかね?」

「あなたは、他の三人の名探偵と違う雰囲気をお持ちだからです」

三島は、正直な気持をいった。

「あの三人は、完全にゲームを楽しんでいます。実際の事件の中でさえそうです。だが、あなたは、そんな感じがしません。事件の謎とか、トリックなんかより、犯人そのものに興味をお持ちのような気がするのです」

「そうかも知れん」

メグレが、肯いた。

「あなたは、犯人を憎んだことがないみたいな気がしますが？」

「犯人を憎む？　君は、人間を憎むべきだと思うかね？」

「犯人も同じ人間だということですか？」

「いや、単にそう思うだけでは、感傷《サンチマン》にしか過ぎない。犯罪を犯す人間は、われわれより一層人間的なのだと考えるべきだ」

「意味がよくわかりませんが？」

「ここに、どんな誘惑にも負けない意志の強い人間がいるとしよう。いわゆる鉄の意志を持った人間だ。彼は果して人間らしい人間だろうか？　Non《ノン》（いや）、彼は異常な人間と呼ぶべきだよ。人間はあらゆる誘惑に弱いものだ。それが自然なのだ。君の心の中にも、私の心の中にも、殺人者となる可能性があるし、ハレンチ漢になる可能性がある。それが可能性のままで終っているのは、われわれの強さというより、道徳とか教育といった制約のためだ。つまり恐怖のためだよ。だが、犯罪者は、何かの理由によって、それは、肉親の突然の死だったり、事故だったりするわけだが、恐怖の壁を突き破って、可能性の極端まで走ってしまうのだ。それを人間の弱さと考えれば、その弱さに自分をゆだねてしまうのだ」

「村越克彦もそうだと思いますか？」

「勿論だ。あの青年は、三億円という大金が発火装置になって、彼自身の極端まで走ってしまったのだ。いや、走りつつあるというべきかな」

「走りつつですか？　ということは、彼はまだ何かやるということですか？　三億円を手に入れて、十分に満足していると思うんですが？」

「確かに満足しているだろうと思う。だが、一度、極端に向って走り出すと、途中で止まることが出来ないものなのだ。それがまた、人間的でもあるのだがね」

「村越克彦は、これからどうなると思いますか？」

「難しい問題だね」

メグレはロビーの方にちらりと眼をやった。

「果して彼が、悪に耐えられるかどうかが問題だと思う。人間というのはおかしなものでね。正義というのは耐え易いが、悪には耐えにくいものなのだ。現代社会が、そういうように作られているからかも知れないし、人間の本性自体が、そう出来ているのかも知れない。だから、たいていの犯罪者が、悪に耐え切れなくなって自壊作用を起こしてしまうのだ」

「しかし、悪の権化のような人間もいますよ。例のボルジア家の人間などは、悪を楽しんでいるように見えますが？」

「確かに、そんな人間もいないことはない。ナチスなんかもそうだろう。だが、ボルジアにしてもナチスにしても、自分たちの行動を正義だと信じたから、あんな残酷なことを、喜びながら出来たのだと私は思う。だが、村越克彦は違う。彼は、自分の行為を悪と思っている。それに、かなり繊細な神経の持主にみえる。だから、やがて、自壊作用を起こすに違いないと、私は見ているのだ。こんなマンションを買い、高級スポーツ・カーを買い、女と同棲生活を始めたこと自体、一つの自壊作用といえないこともない。生活が完全に変ってしまったのだからね。彼は、もう元の生活には戻れない。そして、新しい生活が彼を振り廻すことになる」

「もっと、具体的にいって頂けませんか？」

「かなり具体的にいっている積りだがねえ」

メグレは、苦笑した。三島も、同じように苦笑した。

「あなたには、具体的なのかも知れませんが、想像力の乏しい僕には、よくわかりません。村越克彦の自壊作用というのは、一体何でしょうか？」

「犯人にとって、一番安全なのは、群衆の中にいながら、孤独を保つことだと私は思う。だが、人間は孤独に耐えられない。村越克彦も、そのために女を作ってしまった。二人の間にたとえ愛があったとしても、三億円という金が障害となって、いがみ合うことになると思うね。そうなったとき、彼は、女に秘密を知られたのではないかという不安に襲われるに違いない。不安というものは面白いものでね。一度生れると、一定のところでとどまるということがなくて、雪ダルマ式にふくれあがっていくものだ。不安は、女を殺すまで消えてくれないだろう」

「女を殺しますか？」

「女が不安のタネになれば、殺すことになるかも知れないね。女を連れて来た瞬間、不安のタネが蒔かれたといえるだろうね。だが、彼にしてみれば、孤独ではいられなかったのだろうから、全てが、三億円を奪った瞬間に始ったといえないこともない。それから、私は、神崎五郎という男にも関心があるね」

「しかし、彼は、村越の監視役ですよ」

「そうだ。だから興味がある。ムッシュー・サトウは、親友だといったが、第三者からみれば使用人に過ぎない。それほど財産家とも思えない。そんな男の眼の前に、三億円という大金が転がっているのだよ。もし彼の欲望に火がついたら、新しい事件が起きるだろうね」

「僕も、同じ条件に置かれている人間ですよ」

三島が、笑いながらいうと、メグレは、パイプをくわえたまま、ジロリと三島の顔を見た。三島は、冗談めかしていった積りだったが、メグレの顔に笑いはなかった。

「勿論、君にも関心を持っているよ。これは、私だけじゃない。他の探偵の人たちもだ。みんな、興味を持って、君という人間を眺めているよ」

メグレの言葉で、三島は、背筋に冷たいものが走るのを感じた。四人の探偵が、自分も監視していたのか。

三島は、立ち上って、バーを出かけたが、立ち止って、メグレにいった。

「ジャン・ギャバンをお好きですか？」

途端に、メグレは、何ともいえないクシャクシャした顔になり、三島に向って肩をすくめて見せた。

クリスマス・イヴ

1

金城ゆり子は、村越克彦の部屋に居ついてしまった。

三島も、若い積りだったが、この二人の関係がよくわからなかった。同棲なのだが、同棲という言葉から受ける何となく重苦しい感じがないからである。よくいえば、からッとしているのだろうが、悪くいえば、頼りない関係に思える。

「どうも、あの二人の関係は危険ですね」

と、三島は、大造にいった。

「ムッシュー・メグレも、金のことで、殺人事件にまで走ってしまうかも知れないといっていましたから」

「君は、あの二人の間に、本当の愛情が生れるとでも思ったのかね」

大造は、ニヤニヤ笑った。嫌味な笑い方だった。三島が黙っていると、大造は言葉

を続けて、

「村越克彦は、三億円という大きな秘密を抱き込んでいるんだ。そんな男が、本当の愛情で女と結びつけると思うかね。だから、彼が女と一緒にいるのは、セックスの欲求のためだけだよ」

「それだけでしょうか？」

「まあ、虚栄もあるだろうな。だから、美人でカッコいい娘にしたんだろう」

「孤独でいられないということもあったと思いますがね」

「わたしは、どうもそういう文学的な解釈は好かんね」

大造は、眉をしかめて見せた。三島は、苦笑して、

「文学的ですか――」

「孤独がどうとかいうのは、ムッシュー・メグレあたりがいったのだろうがね。名探偵の最大の欠点は、やたらに文学的な考え方をするところだよ」

「しかし、彼等は、沢山の事件を解決していますよ」

「確かにそうだ。だが、よく調べてみると、彼等が解決した事件の場合はだね。犯人もまた文学的な人間ばかりなんだな。つまり、探偵好みの犯人というわけだ。現実離れといってもいい。その典型的な例が、エラリー・クイーンの『ニッポン扇の謎』事

件の犯人、エルキュール・ポワロの『三幕の悲劇』事件の犯人、メグレの『男の首』事件の犯人、明智小五郎の『化人幻戯』事件の犯人なんかだな。特に、『男の首』事件に出てくる肺病やみの青年や、『化人幻戯』事件に出てくる美少女なんかは、その典型的な犯人だよ。探偵とピタリと波長の合う犯人なのさ。もっと皮肉ない い方をすれば、名探偵たちが逮捕した犯人たちは、彼等の分身なんだな。だから捕えられるのが当然なんだよ。だが、村越克彦の場合は違う。彼は、普通の若者だし、それほど文学的な人間とも思えない。だから、面白いと思っているんだがね」

「しかし、今までのところ、名探偵たちの推理は、いずれもピタリと適中していますよ」

「今のところはな。だが、ここまでは、普通の人間でも、一寸頭を働かせれば、推理できるんじゃないかね。その証拠に、君だって、村越克彦が金庫を買うことを予言したじゃないか。問題は、これからだよ。女が出来て、事情が複雑になってきた。それでも、ピタリと推理できるかどうかだ」

「ムッシュー・メグレは、推理しましたよ」

「だが、曖昧にだ。自信がなくなった証拠じゃないかね」

「さあ」

三島は、曖昧に笑った。確かに、メグレはズバリとはいわなかった。だが、大造のいうように、自信がないからだろうか。三島には、そうは思えなかった。むしろ、メグレは、自分の言葉の与える影響を考えて、わざとボカしたのではないだろうか。

三島は、バーで聞いたメグレの言葉を思い出していた。メグレは、犯人の村越克彦と同じように、神崎や三島にも興味を感じるといった。あの時、メグレは名前をあげなかったが、佐藤大造に対しても、同じように興味を持っているに違いない。

「何かわたしの顔についているかね？」

大造が、変な顔をして三島を見た。

2

金城ゆり子が、金庫に興味を持ち始めたことは、盗聴ではっきりした。彼女は、何回も、村越克彦に向って、金庫の中に何があるかときいた。勿論、村越は、金庫をあけて見せたりはしなかったし、三億円のこともいわなかった。

だが、それで、金城ゆり子が、納得した気配はなかった。寝室にあんな大きな金庫が置いてあれば、疑問を持つのは当然だし、村越が見せようとしなかったことで、彼女の好奇心は、かえって大きくふくらんだに違いなかった。

メグレは、不安というものは一定の線でとどまっていないで雪ダルマのように大きくなるものだといった。好奇心というものも同じに違いないと、三島は思う。金城ゆり子の好奇心も、雪ダルマ式に大きくなっていくことだろう。そうなった時、メグレが予言したような悲劇が始まるだろうか。

警察は、相変らず地道な捜査を続けている。動員された刑事たちは、二十歳から三十歳までの運転免許証所持者を洗い、盗難にあったカローラとプリンス・スカイラインのことを調べている。前の三億円事件の時と同じ捜査方法だった。気の遠くなるような細かい根気のいる調査だった。都心部のマンションや、最近、金庫を買った人間を調べる気配は全くない。あれで、いつになったら、このニュー・シブヤマンションに辿りつくことが出来るだろう。

「捜査がもたついているところも、例の三億円事件と同じだから、これでますますモデルとしての価値が出て来たじゃないか」

と、大造は満足そうだったが、三島は、警察のもたつきが歯がゆくてならなかった。何故もっと想像力を働かさないのだろうか。三億円事件のときでも、もっと警察が想像力を働かせていたら、逮捕できているのではあるまいか。もっとも、探偵たちにいわせれば、警察の機構そのものが、想像力で動くようには出来ていないということだろうが。

村越克彦は、メルセデスベンツに金城ゆり子を乗せて、ドライブに出かけることが多かった。村越の方から誘うこともあるし、金城ゆり子が、ドライブに行きましょうと甘えることもある。

監視役の神崎の報告によると、二人の行く場所は、ボーリング場やドライブ・イン・シアタアが多いという。流石に、三億円を奪った現場の府中市方向には行かないということだった。そして、外出中は、決って、何回か自分の部屋に電話をかけて、危険を探ぐっていた。

村越克彦と金城ゆり子の仲が、果して上手く行っているのかどうか、三島にはわからなかった。二人は、勝手なことをやっている感じだったし、昼間、いい争っているようにみえても、夜になると、盗聴している三島を辟易させるような狂態をベッドの上で演じたからである。大造は、そんな二人の狂態まで、テープにとっていた。

金城ゆり子は、相変らず寝室の金庫に好奇心を燃やしているようだった。ベッドの中でさえ時々、急に、金庫のことを村越にきくことがあった。勿論、村越は、いつでも、彼女を満足させるような返事はしなかった。そのあいまいな答え方が、逆に、金城ゆり子の好奇心を一層掻きたてるだろうことは、三島にも容易に想像できた。だが、その結果がどうなるか、三島にはわからなかった。腹を立てて、金城ゆり子は、村越から離れてしまうだろうか。それとも、あくまで、金庫の中身を見ようとするだろうか。もし、見ようとして、それを村越が咎めたら、どうなるのだろうか。

「僕は、少し心配になってきました」

と、クリスマス・イヴの前日、三島は、佐藤大造にいった。

大造は、レコーディングしたテープを、ニヤニヤ笑いながらイヤホーンで聞いていたが、

「何が？」

と、イヤホーンを耳から外した。

「村越克彦が、何か事件を起こさないか、それが心配になって来たんですよ」

「彼は、もう事件を起こしているさ。わたしの三億円を強奪した。その上、気前よくマンションを買い、スポーツ・カーまで買った」

「だが、やったのは、それだけです。それに、知らずにモルモットにされているわけだから、罪は軽いといえます」

「まるで、あの男に同情しているような口ぶりじゃないか」

大造が笑った。「そうかも知れません」と、三島は、正直にいった。

「村越は、あなたがこの計画を立てて彼を選ばなければ、今でも、あの安アパートで、何の犯罪も犯さずにいたかも知れませんからね」

「そうかも知れんが、彼だっていい目を見てるじゃないか。あのままだったら、こんなマンションには住めなかったろうし、メルセデスベンツなんか絶対に持てなかった筈だ。あの沖縄生れのファッションモデルみたいな美人だって、手に入らなかったと思うね。だから、あの男だって、わたしにモデルにされたことを感謝すべきだよ。それに、三億円事件の解決にも貢献しているんだから、もって瞑すべきだ」

「しかし、村越が殺人でも犯してしまったらどうするんです？」

「殺人？　君はそんな心配をせんでいい。三億も手に入れた人間が、そんな馬鹿な真似はしないさ。金が出来れば、自然にわが身が可愛くなるものだ」

「わが身が可愛いから、逆に攻撃的になることも考えられますよ。三億円を守るためなら人殺しだってするかも知れません。それに、村越が人殺しをしなかったとしても、他の人間が、三億円欲しさに、彼を殺すことだって十分に考えられますよ」

「彼が、三億円を奪ったことを知っている人間は、あまりいない筈だが」

「神崎さんが知ってるし、僕だって知ってますよ。金城ゆり子も、金庫に好奇心を燃やしています。ですから、どうも心配で仕方がないんですが」

「それで、わたしに何かしろというのかね？」

大造は、小鼻に皺を寄せて三島を見た。小馬鹿にした感じで、三島は、あまりいい気持がしなかった。この老人は、大人物に見える時もあるが、ただ傲慢なだけの金持に見える時もある。

「この辺で、警察に村越克彦のことを話したらどうでしょうか？　今なら、彼だって、たいした罪でなくすみますから」

「馬鹿なことをいっちゃいかん」

大造は、手を横に振った。

「君は、わたしが何のために今度のことを始めたか忘れてしまったらしいな。二年以上もたちながら、未だに犯人のあがらない三億円事件を解決させるために、私財を投げ出したんだ。三億円事件が解決しないために、既に同じような事件が、数件起きている。だから、解決のための手掛りをつかむことは、わたしたち市民の義務でもあるんじゃないかね？　そうだろう？　しかも、ここまで順調に来ているのだ。恐らく、三億円犯人も、村越克彦と同じように、三億円を手にしたあと、都心のマンションを買い、高級スポーツ・カーを買い、金庫を買い、若く綺麗な娘を手に入れたに違いない。世界の名探偵四人が推理して、その通りになったのだから、ここまでは当っていると思うのだ」

「それなら、都心のマンションを当って、高級スポーツ・カーと金庫を買った男を探すように、警察に提案したらどうなんです？」

「二つの理由で、それは無意味だね。第一は、わたしの話を聞いて、それではと警察が動き出すとは考えられないからだ。第二は、これから村越克彦がどう行動するか、それを調べる必要があるからだ。何故なら、三億円事件は、既に二年以上もたっているからだよ。今の村越の段階は、とうに過ぎてしまっている。だから、三億円犯人を逮捕するためには、今後、村越がどう行動するかを、冷静に観察する必要があるのだ」

「村越が殺されたらどうするんです？」

これでは、堂々めぐりだなと思いながら、三島は、さっきと同じ言葉を繰り返した。

大造は、詰らん心配をするもんだというように、冷たい笑い方をしてから、

「それならそれで構わんじゃないか。村越が、三億円という金を持ったために殺されるとしたら、それは、三億円犯人が、既に殺されていることを間接的に証明すること

にもなるのだからね」

と、突き放すようないい方をした。冷酷ないい方だった。

「もし、僕が、村越に会って、全てをぶちまけたらどうします？」

三島が、大造の冷たさに反撥して、そうきくと、大造は、ニヤニヤ笑い出した。

「君が話したところで、村越は絶対に信じないな。二十六歳のあの若者には、わたしのような変な人間が存在することなど考えられんだろうからね。むしろ、村越は君が金を横取りしようとしているのだと考えて、君を殺すかも知れん」

確かに、大造のいう通りだった。三億円もの大金を使って、こんな馬鹿な真似をする人間がいるなんて、普通の人間には考えられないだろう。

「あなたは恐ろしい人だ」

と、三島はボソッとした声でいった。

3

十二月二十四日。クリスマス・イヴの日は、朝からひどく寒かった。

誰の心にも、年の瀬という感じが強いらしく、新聞も、例の三億円事件は勿論、今度の事件も取りあげず、代りに、デパートの豪華なクリスマスの飾りつけやら、年末の街の様子を伝えていた。

ニュー・シブヤマンションのロビーやバーにも、クリスマスの飾りつけがされ、大きなクリスマス・ツリーが運び込まれた。恐らく、大造のアイデアなのだろう。次のように書かれた紙が、ロビーの壁に貼ってあった。

〈本日、夕方よりクリスマス・パーティをロビーで開きます。仮装での参加を歓迎します。なおその際、ささやかなクリスマス・プレゼントをお贈り致します〉

日・英両文で書かれているのは、住人の中に外国人がいることや、エラリー・クイーンたちへの配慮からだろう。

三島が、朝食のあと、ロビーでこの掲示を読んでいると、エルキュール・ポワロが、外出の支度でおりて来た。

三島は、その恰好を見て思わず吹き出してしまった。ポワロが寒がりだとは聞いていたが、これほどとは思っていなかったからである。厚手のオーバーに帽子、そして、マフラーで耳の上まですっぽり包んでいるので、見えるところといえば、鼻の先と、左右にピンとはね上った例の口ひげだけである。まさに完全武装だった。

「私は、寒さが嫌いでね」

と、ポワロは、ニコリともしないでいい、三島から、近くの教会の場所を聞くと、朝の礼拝に出かけて行った。

続いて、メグレが、黒いゆったりした外套を着て現れ、ブラック・コーヒーを一杯飲んでから教会に出かけて行った。

エラリー・クイーンは、例によって昼近くまで寝ていたが、ロビーにおりて来た時は、オックスフォード・グレーの背広にボウタイという正装をしていた。

「ミスター・クイーンも、教会へお出かけですか？」

と、三島がきくと、エラリーは、「少年時代聖歌隊にいたムッシュー・メグレほどではないが僕もクリスチャンだからね」と微笑し、手に持っていた外套を羽おって出かけて行った。

三島は、三人の探偵が、教会に出かけたことに何となく感動した。それは、三島自身が、神について真面目に考えたことがなかったせいかも知れない。

それに、もう一つ小さな発見もしていた。それは、名探偵たちの服装の好みが似ていることだった。ポワロとエラリーは、背広も外套もグレーだ。メグレは黒と、ジミな色である点はよく似ている。そういえば、明智小五郎も、いつも黒い背広を着ていた筈である。

　その明智が、ロビーにおりて来たのは、エラリーが外出したすぐあとだったが、クリスマス・ツリーを見て、三島に苦笑して見せた。相変らずのモジャモジャ頭だ。ゆっくり煙草に火をつけてから、

「他の人たちは？」

　と三島にきき、三島がエラリーたちは教会に出かけたというと、「ほう」という顔になった。

「明智さんは、神というものを、どう考えていますか？」

　三島がきくと、明智は、困ったなというように、モジャモジャ頭に指を突っ込んだ。

「何故、そんなことをきくのかね？」

「明智さんでも、ミスター・クイーンでも、ムッシュー・ポワロでも、事件を解決する時は、まるで全能の神みたいに振舞っていらっしゃるからです。ご自分が神なのに、なお、神が必要だと思いますか？」

「私が神か？」

と、明智は苦笑してから、

「前にも誰かが、同じようなことを、僕に向っていったことがあるよ。殺人事件は現代の神話だというのだ。神話というのは、神と悪魔と人間の物語だが、殺人事件の場合、神は探偵、悪魔は犯人、被害者は人間だというわけだよ」

「どう思いました？」

「たとえ話としては面白いが、実際問題としては、賛成できなかったね。第一、犯人もまた人間だし、勿論、僕たち探偵は神ではない。もし全能の神なら、事件を事前に防げる筈だからね。僕に出来ることといえば、事件が起きてしまってから、犯人を見つけ出すことでしかない。だから、犯人を逮捕した時でも、何パーセントかの悔恨が残るのが常だよ。ミスター・クイーンたちが、教会へ行く気持もその点でわかるね」

「じゃあ、何故、明智さんは教会へ行かれないんです？」

「第一に、僕はクリスチャンじゃない。第二に、今まで、僕は神というものを信じなかった。いや、神を信じる資格がないと考えていたといった方がいいかな」

「資格がない――ですか？」

「別に驚くことはないさ。僕は正義のために戦って来たが、そのためにこの手を血で汚したことが何度かあるからね。たとえ悪人の血であっても、神は喜ばれんだろう。

それに、冷静に考えて、僕は欠点の多過ぎる人間だ。残酷さへの郷愁が皆無とはいえないし、同性愛的傾向がないこともない。これは、神よりもむしろ、悪魔的な感情だからねえ」

明智のいう同性愛的傾向というのは、小林青年への感情をいっているのだろうか。それとも、亡くなった親友の作家、江戸川乱歩への感情をいっているのだろうか。三島にはわからなかった。

明智は、急に、おどけたような表情を作ると、

「こんなことを口にするのは、年をとった証拠かねえ」

ひとりごとみたいにいった。

午後になると、神崎五郎がロビーにおりて来た。相変らずサングラスをかけている。神崎にあまりいい感情を持っていない三島は、

「村越克彦がおりて来たら、まずいことになりますよ」

と脅かすようにいったが、神崎は、ニヤニヤ笑って、

「当分大丈夫さ。彼は、金城ゆり子とゴーゴーに夢中だ」

「こんな真っ昼間からですか?」

「青春の燃焼というやつさ」

神崎は、皮肉ないい方をした。

三島は、五階に上ってみた。五〇五号室に戻ると、佐藤大造は、相変らずレシーバーを耳に当てて、隣室の盗聴をしていた。

「隣りはゴーゴーの最中だそうですね」

と、三島が声をかけると、大造は、「ああ」と肯き、レシーバーをマイクに切りかえた。途端に、けたたましいゴーゴーのリズムが聞こえて来た。時々それに、村越克彦と金城ゆり子の笑い声が交る。

「もう一時間も踊り続けている」

大造が、三島に向って肩をすくめて見せた。

「呆れた若者たちだよ」

曲が終ると、明らかにキッスとわかる唇の合わさる音が聞こえた。そして、鼻にかかった女の甘え声が続いた。

――今夜のパーティに出るかい？

――出たいわ。パーティって好きなの。でも、仮装パーティなんでしょう？　何の扮装をしたらいいの？

――君はそのままでいいさ。綺麗なのをわざわざ隠す必要はないからな。それよりどうだい？

——ウフフフ——

間を置いて、二人がベッドに倒れ込む気配が聞こえた。

「やれやれ、お盛んなことだ」

と、大造は、スイッチを切ってしまった。

三島は、「青春の燃焼」といった神崎の言葉を思い出して、思わず苦笑した。

この調子では、当分、何も起こりそうもない。メグレは、何か危険なことが起こりそうだといったし、三島もそれが心配だったが、その心配は、杞憂だったようだ。

三島がロビーに戻った時、エラリーたちも教会から戻って来ていた。

4

パーティは、午後八時からロビーとバーの両方を利用して始められた。

掲示には、「仮装歓迎」とあったが、仮装でない人の方が多かった。

四人の名探偵も、素顔のままだった。忍術の達人で、変装好きの明智小五郎まで、つけひげ一つつけていなかった。六十五歳になっては、昔のような稚気は発揮できないということなのかも知れない。もっとも、卵形の頭にピンとはね上った口ひげのエルキュール・ポワロは、どんな仮装よりも異彩を放ってはいたが。

佐藤大造は、羽織、ハカマにカイゼルひげという恰好で、明治時代の壮士の感じだった。

三島も、素顔だった。

神崎五郎は、例のサングラス姿で、パーティの始まる頃は、バーで飲んでいたが、村越に顔を合せるとまずいと思ったのか、その中に姿を消してしまった。

村越克彦と金城ゆり子が、ロビーにおりて来たのは、九時を過ぎてからだった。

金城ゆり子の方は、仮装はしていなかったが、ファッションモデルらしく、絹の白いパーティドレスを優雅に着こなしていた。ただ、顔色が少し悪かった。三島は、ゴーゴーからベッド・インまで盗聴していただけに、顔色が悪いのも無理はないと苦笑した。

村越克彦は、フロックコートにシルクハットというでたちで、リンカーンみたいに頬から顎にかけてつけ髭をつけていた。つけ髭で顔がかくれてしまいそうだった。おまけにステッキを手に持つという凝りようだった。

パーティには、若い男のマジッシャンと、ヌードダンサー二人が呼ばれていた。マジッシャンの方は、顔立ちが平凡なようにマジックも平凡で、おざなりの拍手しか呼ばなかったが、美人で身体の線のきれいな二人のヌードダンサーは、盛んな拍手を浴びた。

その芸人たちも、十一時が近くなる頃には、祝儀を貰って帰って行った。

カイゼル髭の佐藤大造が立ち上って、

「この辺で、当マンションから、皆さまにささやかなクリスマス・プレゼントを差し上げます」

と、挨拶し、村越克彦と一緒にいた金城ゆり子を、「お嬢さん」と手招きした。

「美しい貴女に贈り物を渡す役をやって頂きたいのですよ」

嫌も応もない押さえつけるようないい方で、金城ゆり子が何か答えるより先に、

「では、九〇一号室の××さんへのプレゼント」

と、贈り物を、彼女に押しつけた。

クリスマス・プレゼントは、九階の住人から始ったが、大造は、五階を飛ばして渡していった。プレゼントの中身は、女性には模造真珠、男性にはネクタイピンといった、たいして高くない品物だった。

住人たちは、プレゼントを貰うと、それぞれ自分の部屋に引きあげて行き、自然

に、五階の住人だけが、あとに残った。

村越克彦は、何となく落着かない様子だった。

金城ゆり子は、まだ蒼い顔のままだった。

四人の探偵は、面白そうに大造の顔を眺めていた。ポワロは、

「どんなクリスマス・プレゼントを頂けるか楽しみですな」

と、期待とも皮肉ともつかぬ顔でいった。

「わたしとしては、精一杯、気を利かせたつもりです」

大造は、つけひげのカイゼル髭をひとひねりして見せた。

最初に、村越克彦にプレゼントが渡された。村越は、ソファに腰を下して、包みをほどいたが、急に嶮しい顔つきになると、黙ってロビーから出て行った。

「次は、尊敬するミスター・エラリー・クイーンへ」

大造は、大袈裟な身ぶりで、大きな箱を取り上げた。金城ゆり子にそれを渡されたエラリーは、アメリカ人らしいフランクさで、すぐそれをあけた。

出て来たのは、精巧に出来たクラシック・カーのモデルだった。「おお」と、エラリーは、嬉しげに声をあげた。

「これは、デューセンバーグだ」

「若い頃の先生は、それに乗って大活躍されたようですな」

大造がいうと、エラリーは、昔を懐しむ表情になって、

「どうも、最近は何もかも風格がなくなりましたねえ。車もそうです。デューセンバーグのような風格のある車はなくなりました。仕方なしに今はポンティアックに乗っていますが、どうもしっくりいかなくて困っています」

と、妙にしんみりしたいい方をした。

エルキュール・ポワロへのプレゼントは、携帯用のテープレコーダーだった。

「私とテープレコーダーと、どんな関係がありますかな？」

ポワロがきくと、大造は、微笑して、

「わたしは、先生が解決された『アクロイド殺人事件』(The Murder of Roger Ackroyd) を今でも素晴しい事件だと感嘆しているのですよ」

「あれは、もう、四十年以上も昔の事件です」

ポワロの顔にも、珍しく懐旧の表情が浮んだ。

「わたしが扱った事件の中でも、最も困難で、同時に面白かったものの一つです」

「確かあの事件は、テープレコーダーがトリックに使われた最初の事件じゃなかったですか？」

「そうでした。確か、アリバイ作りにテープレコーダーが使われた世界で最初の事件でしょう」

ポワロは、誇らしげにいい、改めて、自分の手の中にある最新型の小型テープレコーダーを見た。

「これは、わたしには嬉しい贈り物だ」

三人目のメグレへのプレゼントは、火縄式のライターだった。

「それは、あの『男の首』(La tête d'un homme) 事件の思い出のためにお贈りするのです。確かあの事件で、ムッシュー・メグレは、夜張り込みをしておられて、パイプに火をつけるのにお困りだったと聞きましたので」

大造がいうと、メグレは、穏やかに笑って、

「実は、家内にも、日本でいい火縄式ライターが見つかったら、買っておいてくれといったのですよ」

と、いった。

明智小五郎へのプレゼントは、ワインとワイングラスの組合せセットだった。

「これは何の意味か、わかりますよ」

と、明智は、微笑して大造にいった。

「四十年前に僕が解決した『吸血鬼』事件を考えて、プレゼントして下さったんじゃありませんか」

「その通りです。あの事件を読んだとき、わたしもまだ二十代でしたが、どんなに胸を躍らせたかわかりません」

大造は、またつけひげをなぜた。

「特に、事件の発端になる決闘の場面は素晴しかったですよ。一人の美女の愛をかち取るための決闘。二つのグラスにワインを注ぎ、片方に毒を入れておき、それを飲んだ方は死んで、権利を失う。あの場面の素晴らしさは、今でも覚えています。ですから、明智さんの名前を考えると、どうしても、『吸血鬼』事件が思い出されてしまうのです」

「僕にとっても、あの事件は、特に思い出に残っている事件です。亡くなった家内にも手伝って貰いましたし、あの事件のあとで結婚したものですからね」

明智は、一寸眼をしばたいてから、ニッコリ笑って、

「ところで、このワインの中には、毒は入っていないでしょうな？」

といった。

三島には、辞典が二冊贈られた。英々辞典と仏々辞典だった。

金城ゆり子には、本物の真珠のネックレスだった。彼女は、大喜びでそれを首にかけたが、そのあと、フラフラとソファのところに行くと、パタンとその上に仰向けに寝てしまった。三島が驚いて近寄ってみると、もう軽い寝息を立てていた。

「どうもお楽しみが過ぎて、お疲れのようですな」

と、大造が、ニヤニヤ笑いながらいったとき、神崎五郎が、上からおりて来た。

神崎は、サングラス越しに、眠っている金城ゆり子を眺めてから、大造に向って、

「村越克彦に、一体、何をプレゼントしたんです？」

「何故だね？」

「今、一寸彼の部屋の様子を窺ったら、だいぶ荒れていましたからね。何かを壁にぶつけるような音がしてましたよ」

「少しいたずらが過ぎたかな」

大造は、クスクス笑うと、ポケットからハンカチを取り出して、皆の眼の前に広げて見せた。

札の形をしたハンカチだった。一万円札を引き伸ばした形だが、一万円の文字の代りに一億円と印刷してある。

「実は、これを三枚プレゼントしたんだ」

と、大造は、笑いながらいった。

5

金城ゆり子は、身体をゆすっても起きそうにないので、彼女はそのままロビーに寝かせておいて、他の者は、五階の各自の部屋に引きあげた。

事件が起きたのは、午前三時頃だった。

ドン、ドンと、ドアを叩く音が、静寂を破った。五階の住人たちは、ゾロゾロと起き出して来た。

みんなパジャマの上にガウンを羽織っていたが、四人の探偵たちは、それぞれ、個性が出ていた。

エラリー・クイーンは、黒っぽい絹のガウンだったが、ポワロのガウンは、同じ絹でもひどくけばけばしい模様入りだった。

メグレは、厚ぼったいウールのガウンを着て、一寸前がはだけている。明智小五郎は、黒のビロードのガウンをきちんと着ていた。

五〇六号室のドアを、金城ゆり子が、激しく叩いているのだった。

「一体、どうしたんです？」

と、神崎がきいた。

「彼が、ドアをあけてくれないのよ」

と、金城ゆり子が、カサカサした声でいった。

「眼が覚めたら、ロビーのソファの上に寝てるじゃないの。それで、あわてて上って来たら、今度は、ドアが閉ってるのよ。頭に来ちゃうわ」

「鍵は持ってないんですか？」

「鍵は部屋の中よ」

「貴女が戻っていないのに、閉めちまうなんて、おかしいな」

と、三島が、ドアのノブに手をかけて回してみたが、確かに、鍵が掛っているとみえて、あかなかった。

「わたしが、マスター・キーを持って来よう」

大造は、いったん部屋に戻ってから、鍵の束を持って戻ってくると、ガチャガチャと鍵を差し込んで、ドアをあけた。

部屋の中は明りがついていた。

「いやな予感がするな」

と、三島の傍で、明智小五郎が呟いた。

居間には、応接三点セットが並べてある。

身体が沈んでしまいそうな大きな皮張りの椅子二つにソファ、その椅子の一つに、村越克彦が、パーティの時の扮装のまま腰を下していた。フロックコートに、リンカーンひげという扮装のままである。

だが、その背中には、ジャックナイフが、深々と突き刺っていた。

金城ゆり子が、甲高い悲鳴をあげた。

一瞬、声がなくなったが、四人の探偵が声を揃えるように、

「まず、警察へ知らせることだ」

と、いった。

三島が、寝室の電話で、警察にダイヤルした。

三島が、居間に戻ってみると、四人の探偵はひどく冷静な眼で、部屋を見廻していた。メグレは、例の安物の手帖を取り出して、部屋の見取図を書いている。寝巻のポケットにまで手帖を入れておくというのは、現役時代からの習慣なのだろう。

部屋の鍵は二つある筈だったが、一つは、被害者のポケットから発見され、もう一つは、居間のテーブルの上にのっていた。

「三億円！」

と、ふいに、大造は大声をあげ、金庫のある寝室に飛び込んで行った。だが、居間に戻ってくると、

「ダイヤルの回し方がわからん」

と、肩をすくめた。

明智小五郎が、微笑して、

「僕があとであけて差しあげますよ」

「あなたに金庫があけられるんですか？」

大造が、びっくりしたようにいうと、明智は、

「僕は、そういうことが、案外得意なのですよ」

と、いった。

渋谷署から、二人の刑事が到着したのは、約十分後だった。

五十歳くらいのベテラン刑事と、三十歳前の若い刑事のコンビだったが、ベテラン刑事は、明智の顔を見ると、びっくりしたように眼を大きくして、

「明智先生じゃありませんか」

と、いった。

「私ですよ。『化人幻戯』事件で、箕浦警部補の下で働いた吉牟田ですよ」

「ああ」

と、明智も、懐しそうにニッコリ笑った。

「君のことは覚えている。あの時の君は、ずいぶん若い刑事さんだったが」

「あの事件は、昭和二十九年ですからもう、十五年もたっているんですからねえ。私が年をとるのも当然でしょう。私は、あれからすぐ渋谷署に移ったんですが、明智先生は、何故、こんなところにおられるんです？」

「それが、妙なことから、妙な事件に巻き込まれちまってねえ」

明智は、モジャモジャ頭をゴシゴシこすってから、

「それより、まず死体を調べ給え。そのあとで、皆さんに紹介するよ」

二人の刑事は、死体の傍にしゃがみ込んで、熱心に調べ始めた。

死体の足元には、大造からのクリスマス・プレゼントの札の形をしたハンカチが三枚、散らばっている。

若い刑事が、鑑識を呼ぶために、電話のある寝室に入って行った。

「被害者《がいしゃ》は何者ですか？」

立ち上って、吉牟田刑事が、明智にきいた。明智は、また頭に手をやってから、

「その前に、ここにいる皆さんを、君に紹介しよう。そうしないと、被害者のことも上手く説明がつかないんだ」

明智は、三人の探偵から、吉牟田刑事に紹介していった。エラリー・クイーン、エルキュール・ポワロ、メグレと、世界の名探偵の名前が告げられるたびに、吉牟田刑事は、どぎまぎし、顔を真っ赤にした。

「い、いったい――」

と、吉牟田刑事は、一寸どもって、皆の顔を見廻した。

「何のために、世界中の名探偵がお集りになったんです？」

明智は、答える代りに、佐藤大造の顔を見た。

大造は、困ったなというように、くびをすくめてから、明智に、

「何もかも話さなければいけませんかねえ」

「話すべきでしょうね。これは殺人事件ですからね」

「では、仕方がない」

大造は、不承不承の顔で、今度の事件の発端から、吉牟田刑事に話して聞かせた。

大造が、話し終ったとき、吉牟田刑事は、

「驚きましたなあ」

と、大きな溜息をついた。もし、傍に明智小五郎やエラリー・クイーンたちがいなかったら、大造の話は、冗談としか受け取らなかったろう。

「ところで、この殺されたモデルの名前は、何というんです？」

吉牟田刑事が、間を置いて大造にきくと、大造の代りに、明智が、

「それが、妙な具合なんだが、村越というんだよ」

と、いって、苦笑した。吉牟田刑事は、「ムラコシ？」と、呟いてから、

「じゃあ、『化人幻戯』事件の被害者《がいしゃ》と同じ名前じゃありませんか。あの密室で殺された――」

「そうなんだ。まあ、偶然の一致だろうがね」

「まさか、村越均《ひとし》じゃないでしょうね？」

「そこまで一致してはいないさ。今度の仏さんは、村越克彦だ」

「それを聞いて、何となく安心しましたよ。『化人幻戯』事件みたいな難しい事件は、かないませんからねえ」

「だが、この事件も、難しくなりそうな予感がするんだがねえ」

明智は、脅かすようにいってから、

「しかし、まあ安心したまえ。どんなに難しい事件になっても、世界中の名探偵がい

るんだ。必ず解決してくれるよ」

6

鑑識が来て、写真撮影や指紋の検出を始めると、五階全体が、俄かに騒然となってきた。その物音に眼を覚ましたとみえて、他の階の住人たちが見に来たが、階段のところで、刑事たちに阻止されてしまった。

鑑識課員の一人がカメラを持ったまま、

「被害者《がいしや》は、この椅子に腰を下しているところを刺されたんじゃありませんね」

と、吉牟田刑事にいった。

「絨毯の上に、血痕があります。ですから、犯人は、殺したあとで、この椅子に坐らせたんです」

そうした刑事たちのやりとりを、三島が、エラリー・クイーンたちに通訳した。

「坐っているところを刺されたんでないことは、最初からわかっている」

と、明智は、小さな声で呟いた。

「あの姿勢で背中を刺されたら、椅子から転がり落ちる筈だからな。問題は、犯人が、何故、殺したあとで椅子に坐らせたかだ」

　エラリーは、一言、「Une belle affaire!《ユヌ・ベル・アフエール》（面白い事件だ）」と、いっただけだった。

　メグレは、パイプをくわえ、両手を後に回して、悠然と、日本の警察のやり方を眺めていた。

　吉牟田刑事は、死体から眼を上げて、大造を見た。

「まず、あなたに伺いますが、犯人に心当りは？」

「そんなものありませんよ。それより、三億円のことが気になるんですがねえ。寝室の金庫をあけていいですか？」

「構いませんが、あけ方はご存知なんですか？」

「いや、だが、明智さんがあけられるといっていた」

　その明智は、いったん五〇六号室を出ると、自分の部屋から、小さな万能大工箱を持って戻って来た。

「相変らずそれをお持ちですね」

　と、吉牟田刑事が感心したようにいった。

　明智のあとについて、皆が寝室に入った。

明智は、金庫の前にしゃがみ込むと、「これで、中に金が入っていないと、真っ先に僕が疑われそうだな」と冗談をいってから、大工箱の蓋をあけた。中には、豆鋸、豆金敷、ドリル、ヤットコ、ペンチとあらゆるものが入っている。「ほう」と、メグレが、感心したような声をあげた。

明智の手つきは、まるで奇術師のようだった。頑丈な金庫は十分もたたない中に、簡単にあいてしまった。

だが、明智の冗談は、不幸にも適中してしまった。

金庫の中は、からっぽだった。三億円どころか、千円札一枚入っていなかった。

「三億円は、何処へ消えたんだ？」

大造が、顔色を変えて、寝室の中を探し廻った。

金庫の背後《うしろ》をのぞき、ベッドのマットを引っくり返した。が、札束は、何処からも出て来なかった。

「明智さん」

と、大造は、蒼ざめた顔で明智小五郎を見た。

「三億円は、何処にあるんです？」

「僕も知りませんよ」

明智は、苦笑した。

吉牟田刑事は、やや疑いの眼で、からっぽの金庫と大造の顔を見比べた。

「本当に、この中に三億円という大金が入っていたのですか？」

「他に、何処に大金を入れておくというのかね？」

大造は、大きな声を出した。

「村越克彦は、わたしの三億円を奪った。まあ、わたしが、三億円事件解決のために、わざと奪わせたんだが、村越は、その金で、このマンションを買い、スポーツ・カーを買った。だが、まだ二億五千万円は残っていた筈だ。その金が、この金庫に入っていたことは間違いない」

「すると、村越克彦を殺した犯人が、三億円を盗み去ったとみるのが至当ですね。そうすると、非常線を張る必要があるが――」

吉牟田刑事が呟くと、それを聞いて、明智が、「非常線？」と、くびをすくめた。

「何故、そんなことをする必要があるのかね？」

「理由は簡単ですよ。三億円という大金が盗まれたんです。二億五千万円としても、トランクに二つの量は十分にあります。犯人は恐らく車で逃げたに違いありません。ですから非常線を張れば、逮捕できるかも知れませんからね」

「無駄だよ」

「何故です？」

「犯人は逃げてはいない。というより、ここにいるわれわれの中にいるからさ。犯人は、金庫の中の三億円を奪うために、村越克彦を殺したとしか考えられない。ところで、彼が、三億円を持っていることを知っていたのは、ここにいる人間、つまり五階の住人だけだ。われわれの中に犯人がいるということだよ」

「あたしは知らなかったわ」

明智の断定に抗議するように、金城ゆり子が叫んだ。

「その金庫の中に三億円も入っていたなんて、全然知らなかったわ」

「だが、金庫の中に何が入っているか、興味があったんじゃないかね？」

明智が聞くと、金城ゆり子は、コクンと肯いてから、

「でも、彼は、教えてくれなかったわ」

「成程ね」

と、明智は肯いた。が、彼女の言葉を信じたのかどうか、その表情からだけではわからなかった。

吉牟田刑事は、当惑した表情で、皆の顔を見廻した。

「この中に犯人がいるとしても、まさか、世界の名探偵の皆さんを容疑者扱いは出来ませんしねえ」

吉牟田刑事の言葉を、三島が通訳すると、エルキュール・ポワロが「おお」と、大きな声をあげた。

「このエルキュール・ポワロが容疑者とはね」

声は大きかったが、顔は笑っていて、容疑者の一人にされるのを面白がっているように見えた。

エラリー・クイーンも、クスッと笑った。

「Quelle belle vie《ケル・ベル・ヴィ》（人生は楽しいね）」

と、エラリーはいった。

「僕が日本で、殺人事件の容疑者になったと知ったら、アメリカの新聞が大騒ぎするだろうね」

「いや、ミスター・クイーン。まだ、あなた方を容疑者と断定したわけでは――」

吉牟田刑事が、恐縮して言葉を濁すと、エラリーは、

「いや、公平に扱ってくれた方がいい」

といった。

「それに、八十万ドルという大金なら、僕だって、食指が動かないこともない。つまり、十分に動機があるということだよ。金というのはおかしなものでね。ある程度以上の額になると、その周囲の人間を否応なしに容疑者にしてしまう」

エラリーは、生真面目な顔になっていった。

メグレは、相変らず、両手をうしろに組んだ姿勢で、

「私は、ここではただの人間です。他の人と同じように扱って頂きたい」

と、静かな口調でいった。

「僕も同様だよ。吉牟田君」

明智は、微笑して吉牟田刑事を見た。

「三億円という大金は、僕にとっても魅力のある額だからね。それに、僕は、簡単に金庫をあけることができた。だから、他の三人の方より、一層、容疑が濃いというわけだよ」

「わかりました」

吉牟田刑事は、一寸かたい声でいった。

「皆さんを区別せずに調査をすすめさせて頂きます。ただ、これは、私の個人的なお願いですが、捜査が難航した場合は、知恵を貸して頂きたいのです」

「最初からその積りだよ」

と、明智が代表する恰好でいった。その声に励まされたように、吉牟田刑事は、四人の探偵に向って、

「では早速ですが、何かお気付きのことがあったら、いって頂きたいのですが」

と、いった。四人の探偵は、一寸顔を見合せてから、エラリー・クイーンが、最初に口をひらいた。

「シルクハットは、何処へ消えてしまったんだろう？」

容疑者たちの会話

1

「シルクハットですって？」

吉牟田刑事は、鳩が豆鉄砲を喰ったような顔をした。

「そう。シルクハットだ。パーティの時、村越克彦は、フロックコートにシルクハットという恰好だった。そのシルクハットがない。僕は、さっきから探してみたんだが、どうやら、シルクハットは、この部屋にはないようだ」

「三億円という大金が消え失せてしまったんですよ。シルクハットの一つぐらい、どうってことはないじゃありませんか」

大造が、眉をしかめて口を挟んだ。エラリーは、吉牟田刑事から大造に視線を移した。

「いや、僕は、三億円が失くなったことより、シルクハットが消えてしまったことの方に興味を引かれるのだ」

「何故です？」

吉牟田刑事が、身体を乗り出すようにしてきいた。意表をついたエラリー・クイーンの言葉に、興味をそそられた顔だった。

エラリーは、微笑した。

「理由は簡単なのだ。三億円は大金だ。村越克彦を殺した犯人が持ち去ったと誰もが考える。つまり、金庫から消え失せていることが、当然と考えられるわけだよ。だが、シルクハットはどうだろう？　村越克彦が、ロビーから部屋へ戻る時、彼は、ちゃんとシルクハットをかぶっていた。とすると、犯人が持ち去ったとしか考えられない。犯人は、何故シルクハットなんかを持ち去ったのだろう？　当然、生れる疑問だと思うんだがね」

「成程、妙ですな。犯人が、そのシルクハットを気に入って欲しくなったんじゃありませんか？」

「違うね」

エラリーは、あっさりと否定した。

「三億円もの大金を奪った犯人が、どうしてシルクハットなんか欲しがるだろう？

欲しければ、いくらでも買えるのに。それから、村越克彦がパーティでシルクハットをかぶっていたことは、皆が知っている。だから、シルクハットを持ち歩いていれば、自分が犯人だと宣伝しているようなものだ。そんな危険なことをする犯人がいるだろうか」

「では、あなたは、何故、シルクハットを犯人が持ち去ったとお考えですか？」

「それも、今、考えているんだがね」

エラリーは、思わせぶりないい方をして、煙草を口にくわえた。それなり黙ってしまったのは、本当に考えているところなのか、それとも、今は、自分の結論をいうべき時ではないと考えたのか、通訳している三島にもわからなかった。

「ムッシュー・ポワロ。あなたが何か気付かれたことがあったら、おっしゃって頂けませんか？」

吉牟田刑事は、ポワロに声をかけた。

ポワロは、絹のガウンについた小さなゴミを、丁寧に払ってから、

「私が、最初に興味を持ったのは、椅子ですよ」

と、吉牟田刑事にいった。

「椅子ですか？　ああ、犯人は、何故、被害者を殺してから椅子に座らせたかという

ことですな？」

「Non!《ノン》（いや）」

と、ポワロは、くびを横にふった。

「それは、さっきムッシュー・アケチがいわれたことです。このエルキュール・ポワロは、他人のいったことを繰り返したりはしません。私がいうのは、もう一つの椅子の位置のことです」

「椅子の位置ですか？」

吉牟田刑事は、二つの椅子と、ソファに眼をやった。

「別にどうということはないような気がしますが」

「今はね」

「と、いいますと？」

「最初に、私たちがこの部屋に入ったとき、椅子が一つだけ、変な位置にあったのですよ」

「ムッシュー・ポワロの言葉は事実です」

と、メグレがいった。

「私も、この部屋の見取図を書きながら、そのことに気がつきました」

メグレは、例の手帖を、吉牟田刑事の前にひらいて見せた。方眼紙になっているその手帖には、次のような図が、あまり上手くなく描かれていた。

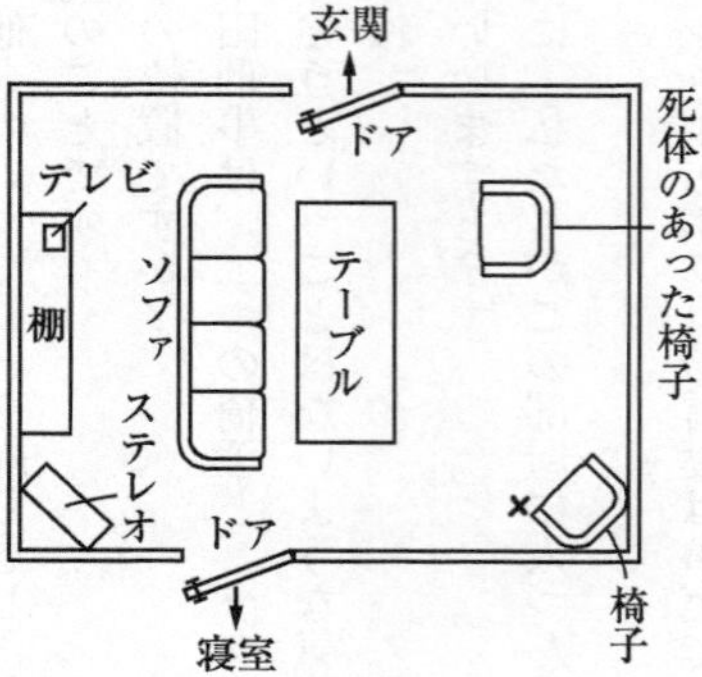

「この図の通りです」

と、ポワロは、×印のついた椅子を指さした。

「だが、いつの間にか、誰かが、元の正常な位置に戻してしまったのですよ。ここにいる誰かが」

「警察が来る前に、もう元に戻してあったのですか？」

「いや、あなた方が来られたあとです。寝室の金庫から三億円が盗まれているのに気がついたあとでしたな。だから、皆が寝室に入っている間に、誰かが、×印の椅子を元に戻したのです」

「どなたか、椅子の位置を直しましたか？」

吉牟田刑事は、皆の顔を見廻した。が、名乗り出る者はなかった。

吉牟田刑事は、小さな溜息をついてから、ポワロに向って、「妙なことは妙ですが」といった。

「被害者が、何かの都合で、椅子をずらしておいたんじゃありませんか？」

「何のために？　この位置では、テレビを見にくいし、ステレオを聞くにも不便の筈です。マドモアゼル・ユリコ」

と、ポワロは、吉牟田刑事から金城ゆり子に視線を移した。

「被害者は、この椅子をずらしていましたか？」

「そんなことないわ」

と金城ゆり子は、あっさりくびを横にふった。

「彼はきちんとするのが好きだったから、椅子だって、いつもちゃんとした位置においてたわ」

「しかし——」

と吉牟田刑事は、当惑した顔で、ポワロにいった。

「椅子が少しずれていたぐらいのことは、たいしたことじゃないと思いますが」

「確かにそうです。たいしたことじゃありませんな」と、ポワロは肯いたが、そのあと、

「だからこそ、私には興味があるのです」

と、付け加えた。

吉牟田刑事は、また小さな溜息をついた。名探偵のいうことは、どうもわからないといいたげな表情だった。

「ムッシュー・メグレ」

と、少し間を置いて、吉牟田刑事は、メグレに声をかけた。このフランス人は、パリ警察で働いていたのだから、エラリー・クイーンやエルキュール・ポワロみたいに、わけのわからないことはいわないだろう。

「何かご意見がおありですか？」

「私は、さっきから、一つのことだけを考えていたのです。この殺人事件の動機は一

体、何だろうと」

メグレは、ゆっくりとした口調でいってから、贈り物の火縄式ライターで、パイプに火をつけた。

吉牟田刑事は、また小さな溜息をつかざるを得なかった。動機は何だだって？　そんなものは、もう決っているじゃないか。吉牟田刑事は、三島が他の言葉を間違えて「動機」と通訳したのではないかと考えて、きき返したが、戻って来た言葉は同じだった。

「失礼ですが、動機は、誰の眼にもはっきりしているんじゃありませんか？　被害者は、三億円のために殺されたんです。他に考えようはないでしょう？」

吉牟田刑事が、当惑した表情でいうと、メグレは、あくまで冷静に、

「一見して、そうとしか考えられませんが、私は、そう断定するのにいくつかの疑問もわいてくるのですよ」

「どんな疑問ですか？」

「最初に感じた疑問は、寝室の金庫がこわされていなかったことです。しかも、鍵が掛っていたということです」

「あなたのいわれる意味がよくわかりませんが？　ムッシュー・メグレ」

「つまりこういうことです。犯人は、金庫のあけ方を知っていたか、ムッシュー・アケチのような特殊な技術を持っていたか、或は、村越克彦を脅してあけさせたかの三つになります。違いますか？」

「確かにそうですな」

と、吉牟田刑事は肯いたが、まだメグレのいわんとしていることの意味が呑みこめずにいた。

メグレは、微笑した。

「もし、前の二つの場合だとすると、犯人は、村越克彦が留守の時に忍び込んで、三億円を盗み出せばいいことになります。彼を殺す必要はないわけです。これらの場合なら、犯人が、三億円を盗み出したあと、村越克彦が気づくのを遅らせるために、鍵を掛け直したと考えられます。第三の場合は、どうでしょうか。この場合でも、犯人は、村越克彦を殺す必要はなかったと思うのですよ。頭を殴って気絶させるだけで十分だった筈です」

「顔を見られたら、そうもいかんでしょう？」

「何故です？　村越克彦は、犯人を警察に訴えることが出来ないのですよ」

「それはそうですが、復讐される心配から殺したとも考えられます」

「成程。一歩ゆずって、それで、金庫をあけさせてから、犯人が殺したとしても、そのあとで、何故、犯人は、金庫の鍵をまた掛けたんでしょう？　犯人は殺人を犯し、三億円を奪い、一刻も早く現場から逃げる必要があったのに」

「私にも、それはわかりません」

吉牟田刑事は、くびを振った。メグレは、死体に眼をやった。死体は、司法解剖のために、部屋から運び出されるところだった。

「何かこの殺人には不自然なところがありますね」

と、メグレは、自分にいい聞かせる調子でいった。

「三億円の金を奪うためだけなら、犯人は殺す必要はなかったのではないか。その疑問が私から離れないのです。だから、動機に疑問を感じるといったのです。疑問を感じると同時に、興味も感じますがね」

そのあと、メグレは、

「誰も哀れな男を殺しはしない――」

と、唄うようにいった。「え？」と、通訳していた三島がきくと、メグレは、微笑して、

「シャンソンの決まり文句だよ」

と、答えてから、また、同じ言葉を口の中で呟いた。

「誰も哀れな男を殺しはしない――誰もフロックコートを着た男を殺しはしない――」

2

吉牟田刑事は、苦虫をかみつぶしたような顔になっていた。

名探偵というのは、どうしてこう妙なことばかりいうのだろうか。

エラリー・クイーンは、死体や三億円をほったらかして、シルクハットが失くなったことばかりを気にしている。これは殺人事件なのだ。それに三億円という大金が奪い去られたのだ。たかが一つの帽子の紛失が何だというのだろうか。

エルキュール・ポワロもそうだ。彼も、死体や三億円にはまるで興味がないみたいに、椅子の位置が変だったなどと、詰らないことを気にしている。

メグレは、パリ警察で働いていただけに、シルクハットだとか椅子だとか変なものに拘わりはしなかったが、それでも、殺人の動機がわからないなどという。吉牟田刑事にいわせれば、殺人にはそれほど沢山の動機はない。大別すれば、三つしかない。

恐怖と利益と異性関係だ。そして、今度の事件の動機は、三億円の大金しかないではないか。

吉牟田刑事は、明智小五郎の顔を見て、小声でささやいた。

「まさか、先生まで変なことはいわんでしょうな？」

「僕は、暫くの間、君のお手並拝見といくよ」

明智が、クスクス笑いながらいうと、吉牟田刑事は、ほッとしたように、「それで安心しましたよ」と、いった。

「先生にまで変なことをいわれたら、頭が痛くなりますからねえ」

吉牟田刑事は、小さく咳払いをして、改めて皆の顔を見廻した。名探偵たちにペースを乱されてしまったが、この辺で、本来の捜査に引き戻さなければならない。

「被害者を最後に見た人は誰です？」

吉牟田刑事がきくと、皆は顔を見合せたが、その中から、神崎五郎が、

「私は、見たわけじゃないが、この部屋の前で、物音を聞きましたよ。時刻は、零時半頃です。何かを壁にぶつけるような音でした。それで、村越克彦が、プレゼントに腹を立てて、荒れているのだと思ったのです」

「犯人と争っていた音じゃありませんか？」

「いや、違いますね。怒鳴り声も、悲鳴も聞こえませんでしたから」

吉牟田刑事は、床に散らばっている三枚のハンカチに眼をやった。それが入っていたプラスチックのケースも、少し離れた場所に転がっている。被害者は、これを壁にぶつけたらしい。

すると、零時三十分までは、被害者は生きていたということになるのか。

「わたしが、もっと死亡時刻を限定できるかも知れん」

と、大造がいった。

「何故できるんです？　零時三十分以後に、被害者に会われたんですか？」

吉牟田刑事がきくと、大造は、「いや、そうじゃない」と、手を振った。

「わたしたちは、午前一時過ぎに、ロビーから各自の部屋に戻った。わたしも、同室の三島君も、それからすぐ眠ってしまったが、盗聴用のテープだけは回しておいた。だから、それに何か録音されているかも知れんと思ってね」

「それは本当ですか？」

吉牟田刑事は、眼を剝いた。もし、大造のいうことが事実なら、それで、この事件は解決するかも知れない。犯人が村越克彦を殺す瞬間も録音されているかも知れないからだ。

「本当だよ。わたしが特別に作らせた長時間録音テープだからね。こうやって、わたしたちが話してる言葉も録音されている筈だ」

「それを、ぜひ聞かせて頂きたいですね」

「勿論、その積りだが、その前に二つの点だけを了解しておいて貰いたいのだがね」

「何です？」

「第一は、わたしが、単なる覗き趣味で、こんなことをしたのではないということだ。わたしは、あくまで、例の三億円事件解決の一助になればと考えてやったのだ。だから、こんな殺人事件にならなければ、テープは全部警察に進呈し、三億円事件解決に利用して貰いたいと考えていた」

「わかっています。わかっています」

「それからもう一つ、わたしは、犯人も逮捕して欲しいが、金庫から消え失せた三億円も見つけ出して欲しいのだ」

「勿論、それにも警察は全力を尽くしますよ」

「じゃあ、わたしの部屋へ来たまえ。テープを聞かせるよ」

　大造は、自分から先に立って、部屋を出た。他の人間も、ゾロゾロと、その後に続いた。が、エラリーとポワロとメグレの三人は、動こうとしなかった。

「三島さん」

と、吉牟田刑事は、不審な気がして、三島に声をかけた。

「これから問題のテープを聞くことは、あの三人は知っているんでしょうね？」

「あなたと佐藤大造氏の会話は、全部、通訳して聞かせましたよ」

「それなのに、何故、テープを聞きに来ないんですか？」

「さあ」

と、三島は、くびをかしげてしまった。三島に聞いてもわからないのは当然だが、吉牟田刑事は、三人の名探偵の無関心さが気になって仕方がなかった。それで、無関心な理由をきいてみて欲しいと、三島に頼んだ。

三島は、三人に向って、英語で吉牟田刑事の言葉を伝えたが、その瞬間、彼等は顔を見合せ、それぞれに一寸当惑した表情を作るのがわかった。

三島は、すぐ、吉牟田刑事の所に戻って来たが、苦笑して、

「テープはどうせ日本語だろうから、聞いてもわからない。だから、この部屋に残って、シルクハットのことや、ずれていた椅子のことなんかを、いろいろと考えてみたいといっています」

と、吉牟田刑事に告げた。

「しかし、あなたが通訳して下されば、別にそんなことは問題じゃないと思いますがねえ」

吉牟田刑事が、不審そうにいうのを、傍にいた明智小五郎が、

「あまりヤボはいいなさんな」

と、笑って、腕をつかんだ。

「ヤボって、何のことです？」

「日本語だから云々というのは、表向きの理由だよ。あの三人はズバリと理由をいっては、君が困惑すると思って、当り障りのないことをいったんだ。だから、ヤボな詮索はしなさんなということ」

「じゃあミスター・クイーンたちは、何故、テープを聞く必要がないと考えているんでしょう？」

「それは、僕にもわからんねえ。君も、あとで考えてみたらどうだね」

「まさか、先生まで、テープを聞く必要はないと思っていらっしゃるんじゃないでしょうね？」

「いや、僕は、大いに興味を感じているんだ。盗聴テープから、一体どんな声が飛び出してくるか、興味津々だよ。早く聞いてみようじゃないか」

明智は、吉牟田刑事の背中を押すようにした。

3

五〇五号の大造の部屋に集った人たちは、息を殺して、テープレコーダーを見つめていた。

その中で、一番冷静な表情をしていたのは、明智小五郎だった。明智は、皆から少し離れた場所に腰をおろし、ゆっくりと煙草に火をつけてから、興味深そうに、皆の顔を眺めた。明智が、吉牟田刑事に向って興味津々だといったのは、テープそのものよりも、それを聞く人々の表情の方だったようである。

大造は、見物人にタネ明しをして見せるマジッシャンのような得意気な顔つきで、まず、特別製のテープレコーダーの機能の説明から始めた。

「——というわけで、この機械は、ある時間に自動的にスイッチが入り、ある時間に自動的に切れるようにもなっています。ところでこれから、何が録音されているか聞いてみるわけですが、若い男女のベッドシーンなんかは聞いても仕方がないでしょうから、これはカットして、村越克彦が、ロビーから戻って来たあたりから、テープを回すことにします。時間は零時前後です」

大造は、スイッチを押した。少し離れたところにいる明智にも十分に聞けるようにという配慮からか、大造は、ボリュームをあげた。

暫くは、サーッというテープの回る音だけが聞こえた。

やがて、手荒くドアをあける音が聞こえた。

「パーティから、村越克彦が帰って来たところだ」

と、大造が説明する。

続いて、じゅうたんの上を、いらいらと歩き回る気配。「畜生ッ」と、村越が叫ぶ声。何かが壁にぶつかる鈍い音が、二度、三度と続き、それに、村越の「くそッ」という声がダブる。

「これです。私が聞いたのは、この音ですよ」

神崎が、大きな声でいった。

吉牟田刑事は、いったんテープをとめさせてから、神崎に、

「この時が、零時半だったのですね？」

「そうです」

「他に、時間を決められる人はいないかな？」

「私が信用できないというのですか?」

神崎が、気色ばむと、吉牟田刑事は、やんわりと、「そうはいっていませんよ」と、いった。「ただ、あなたも容疑者の一人ですからね。アリバイ作りに嘘の証言をしないという保証もありませんからね」

「僕が証人になるよ」

と明智が口を挟んだ。

「神崎氏の言葉は、信用していいと思うね」

「何故です? 先生も、あの音を聞かれたんですか?」

「いや、僕は、その頃、他の人と一緒にロビーにいたんだから、聞いてはいない。だが、村越克彦が、プレゼントの中身に腹を立てて五階に上って行った時刻は知っているんだ。確か零時十五分だ。それから考えて、神崎氏が、聞かれた時刻が零時半頃だったというのも肯ける。ついでにいっておくと、神崎氏がロビーにおりて来て、村越が荒れていると教えてくれたのは、零時四十分だ。これも確かだよ」

「先生がおっしゃるんなら、信用しますよ」

吉牟田刑事は、肯いてから、自分の腕時計の針を、零時三十分に合せた。こうしておいてテープを回せば、以後に起きることが、実際に何時に起きたかわかるだろう。

再びテープが回された。

○零時四十分—村越ステレオをかける。曲はゴーゴー。曲に合わせて、小さく口ずさんでいる村越の声。

○一時十分—ステレオを消し、また、じゅうたんの上を、いらいらと歩き回る気配。

○一時三十分—「ゆり子の奴、何をしてやがるんだ？」という村越のひとりごと。

○一時五十分—「誰だ？　ゆり子か？」という村越の声。続いて、「うわッ」という悲鳴。どさッと床に倒れる音。

○二時〇〇分—ズルズルと死体を引きずる音。

○二時〇五分—足音が移動する。

○二時十分—金庫のダイヤルを回す音。鍵を差し込む音。鈍い金庫のあく音。そして、ガサガサという札束の音。

○二時十五分—金庫のしまる音。鍵のかかる音。移動する足音。

○二時十七分—何をしているのかわからないが、ゴソゴソという音が十分間ぐらい続く。

○二時三十分—ドアがあき、そしてしまる。

沈黙

○三時〇二分―ドアを激しくノックする音。
○三時〇七分―ドアのあく音。ドヤドヤと多勢の足音。
　金城ゆり子の悲鳴。


「もうとめて下さい」

と吉牟田刑事は、大造にいった。刑事の顔は、興奮でやや蒼ざめていた。

「村越克彦の殺されたのは、午前一時五十分だ」

と吉牟田刑事は、皆の顔を見廻していった。

4

「この時間に、確実なアリバイのある方がありますか？」

吉牟田刑事が、皆の顔を見ながらきいた。

「正確ないい方をすれば、一時五十分から、二時三十分までのアリバイです。いかがですか？」

すぐには、返事がなかった。間を置いて、大造が、ゆっくりと、

「わたしは、眠っていた」

「僕もです。パーティですごく疲れましたから」

と、三島がいう。

「私も眠っていたとしかいいようがありませんね」

神崎も、同じことをいった。

「僕も同じだ。眠っていた」

と明智が、微笑していった。

「恐らく、ミスター・クイーンたちも同じだと思うね。みんなパーティで疲れていたようだからね」

「貴女はどうです？」

吉牟田刑事が、金城ゆり子の顔を見ると、彼女は、キョトンとした表情になって、

「あたしは、ロビーで寝てたわ。何だか、ひどく眠かったのよ。あたしは、殺しやしないわ。金庫の中に三億円も入ってたなんて知らなかったし、あたしが、部屋に戻った時は、もう死んでたのよ。このことは、みんなが知ってるわ。だから、あたしは犯

人なんかじゃないわ」

金城ゆり子の言葉に、吉牟田刑事は、一応肯いては見せたが、彼女を信じたわけではない。彼女が、金庫の中身を知らなかったという証拠は何処にもなかったし、ずっとロビーで眠っていたと証言する証人もいない。

「すると、確実なアリバイのある方は、一人もいらっしゃらんわけですな」

吉牟田刑事が、小さな溜息をついて見せると、明智が、クスクス笑い出した。

「夜中の午前二時頃に、確実なアリバイのある人間がいたら、かえっておかしいんじゃないかね」

「まあそうですが、私としては、少しでも容疑者の範囲をせばめたいですからねえ。これでは、相変らず全員が容疑者です」

「ひょっとすると、全員が犯人かも知れんよ」

「何ですって？」

吉牟田刑事は、眼を剝いた。明智は、わざと真面目くさった顔で、

「あり得ないことじゃないよ。僕たちは、みんな、佐藤大造氏に頼まれて、村越克彦を観察していた。村越克彦はいわばモルモットだが、考えてみれば、僕たちだって、佐藤氏からみればモルモットかも知れん。それに対する一寸した造反劇をやったかも

知れんよ。佐藤氏を除く全員が、共謀して村越克彦を殺して、三億円を山分けしたのかも知れないじゃないか。七人で分配すれば、四千万ちょっとだ。この位の金なら隠すのは簡単だよ」

「脅かさないで下さいよ」

吉牟田刑事は、渋い顔になって、肩をすくめた。

「偶然に集った人間全員が犯人だなんて事件は、めったにあるもんじゃありませんよ。私の知っているのでも、ムッシュー・ポワロが解決した『オリエント急行の殺人』(Murder on 'The Orient Express) 事件ぐらいのものです」

「君はなかなか物知りなんだねえ」

「私だって少しは勉強していますよ」

吉牟田刑事が、いくらか得意そうな顔でいったとき、エラリー・クイーンたち三人の外国人探偵が、何か小声で話し合いながら部屋に入って来た。

5

「テープは面白かったかね?」

エラリーが、微笑しながら三島にきいた。

三島は、この三人も、やはりテープのことが気になっていたんだなと思いながら、手帖にメモしておいたことを、簡単に話して聞かせた。

「午前一時五十分とは、なかなか上手い時間に殺されたものだねえ」

エラリーは、妙な感心の仕方をした。どんな意味でいったのか、三島には判断がつかなかった。

「非常にドラマチックだ」

と、いったのは、エルキュール・ポワロだった。「ドラマチックであってしかも面白い」

「どう面白いんですか？」

と、三島はきいた。

ポワロは、ちらッと、吉牟田刑事の方を見てから、

「被害者の最後の言葉なんか、なかなか面白いじゃないか。『誰だ？　ゆり子か？』これは、意味深長だよ。君は、どう解釈するね？」

「僕ですか？」と、三島は、急にきき返されて、戸惑いの表情になって、

「その時、部屋に入って来たのは、金城ゆり子のようにも考えられるし、他の人間だ

ったようにも考えられますし——」

と、あいまいない い方をした。

「その通りだよ」

と、ポワロは、微笑した。

「どっちとも推理できるところが面白いとは思わないかね?」

「そうですかねえ」

三島は、眼をパチパチさせた。エラリーのいうこともよくわからないが、ポワロの考えもよくわからない。警察は、被害者の最後の言葉が、どちらとも取れることに、歯がみをしているに違いない。テープに録音された被害者の声が、ズバリと犯人の名前を叫んでいれば、それで、この事件は解決だからである。それなのに、わからないことが面白いとポワロがいうのは、どういう気なのか。

メグレは、何もいわなかった。このフランス人だけは、いつも寡黙だ。

吉牟田刑事は、三人の名探偵の顔を見ると、

「これで、全員がお揃いだから、この機会に皆さんにお願いがあります」

と、大きな声でいった。

「今度の事件で、われわれは、犯人を見つけ出すと同時に、奪われた三億円を取り戻

さなければなりません。ミスター・クイーンは、シルクハットが失くなったことを問題にしておられるようだが、私は、シルクハットなどは、たいした意味は持っていないと思っています。問題は、あくまでも、三億円という大金です。そして、三億円が発見されれば、自然に犯人は割れると確信しています。それで、これから皆さんの部屋を一つ一つ調べさせて頂きたいのです。まず、この部屋から始めますが、よろしいでしょうな」

誰も反対はしなかった。

吉牟田刑事と、若い刑事の二人が、部屋の隅から調べ始めたのを、皆は、黙って見つめていた。

もう六時に近いが、十二月の朝はまだ暗い。

「今日は十二月二十五日。クリスマスなんだな」

と、大造が誰にともなくいった時、ふいに部屋の明りが消えた。

暗闇の中で、金城ゆり子が、甲高い悲鳴をあげた。

誰かが、椅子にぶつかったらしく、ガタンという大きな音がした。

「皆さん。落着いて下さいッ」

暗闇の中で、吉牟田刑事が叫んだ。その声は、突然の停電に狼狽しているようだった。

「助けてッ」

と、また金城ゆり子の悲鳴が聞こえ、誰かが、ドアをあけて廊下に飛び出した。勿論、廊下もまっ暗だった。

「金城ゆり子さんッ」

と、吉牟田刑事が叫んだ。

「どうしたんです？　金城さん」

返事はなかった。その代りのように、突然、

「パアーン」

と、壁際で鋭い破裂音がおき、閃光が走った。続いて、反対側の壁際で、同じような破裂音と閃光。

「逃げろッ」

と、誰かが叫んだ。

収拾のつかない混乱になった。吉牟田刑事は、声をからして、落着くように叫んだが効果はなかった。

「懐中電灯は？」

と、吉牟田刑事は、傍にいる筈の若い鈴木刑事にきいた。

「隣りの部屋に置いて来ました」

暗闇の中から、間の抜けた返事が戻ってきた。

「バカッ。早く持って来い」

吉牟田刑事が怒鳴った。鈴木刑事は、手探りで、部屋を出て行った。

吉牟田刑事は、暗闇の中で、小さく息を吐いた。彼は、ポケットにライターがあったのを思い出した。何故、それを忘れてしまったのだろうと、舌打ちをしてから、床にしゃがんでライターを点《つ》けた。しゃがんだのは、さっきの破裂音がピストルの音だとすると、明りめがけて撃たれる危険を考えたからである。

ぼおッと、吉牟田刑事のまわりが明るくなった。

部屋の中は、妙にひっそりとしている。誰もいなくなってしまったのだろうかと思った時、背後で人の気配がした。ライターの火を消さないようにしてゆっくり振り向くと、その光の中に太った人影がゆらりと現われた。

「誰です？」

と吉牟田刑事がきくと、「わたしだ。佐藤大造だ」という声が戻ってきた。

「他の人は？」

「いないようだ。危険だと思って、逃げてしまったんだろう」

「あなたは、どうして逃げなかったんです？」

吉牟田刑事がきくと、大造は、ニヤッと笑って、

「このまっ暗闇じゃあ、動いた方がかえって危険だからね」

と、いった。

人の足音が、部屋に入って来たので、吉牟田刑事が、ライターをそちらに向けると、懐中電灯を取りに行った鈴木刑事だった。

「懐中電灯は、どうしたんだ？」

「それが見つからんのです。確かにソファの上に置いておいた筈なんですが」

「しようがないな」

吉牟田刑事は、舌打ちをした。ライターの火も、だんだん弱くなってくる。

「故障箇所はわかりませんか？」

吉牟田刑事がきくと、大造は、くびを横にふった。

「じっとしていれば、もうじき夜が明けるよ」

と、大造は、呑気なことをいった。

吉牟田刑事は、いらいらした声で、「それまで待てませんよ」といった。

「金城ゆり子が、どうなっているかも心配ですからね」

ライターの乏しい明りを頼りに、吉牟田刑事が、部屋を調べようとした時、懐中電灯の明りが部屋に入って来た。

「僕です。三島です」

と、懐中電灯の主がいった。

「ロビーの壁に、懐中電灯が掛っていたのを思い出して、取りに行って来たんです」

「一寸、貸してくれませんか」

吉牟田刑事は、三島から懐中電灯を受け取ると、その明りで、床の上を照らしてみた。金城ゆり子は何処にも倒れていなかった。吉牟田刑事は、ほッとした。あの甲高い悲鳴から考えて、第二の殺人が起きたのではないかと心配していたからである。

暫くして、また一つの懐中電灯の明りが部屋に入って来た。

「僕だよ。明智だよ」

と、明るい声がした。

「この懐中電灯は、無断拝借したよ」

「隣りの部屋に置いといたのを持ってったのは、先生ですか」

吉牟田刑事は、苦笑して、明智を見た。明智も、丸い懐中電灯の光の輪の中で、クスクス笑った。

「停電になった途端に、五〇六号室のソファに懐中電灯があったのを思い出してね」

「それなら、すぐここへ戻って来て頂きたかったですな」

吉牟田刑事が、不満そうにいうと、明智は、モジャモジャ頭に手をやった。

「まず、停電を直そうと思ってね。地下の変電室に行って来たんだ。この部屋には、問題はないだろうと思ったからね」

「問題はないって、金城ゆり子の悲鳴も、二発の破裂音も聞こえたでしょう？」

「勿論、聞こえたよ。だが、あの悲鳴には、一寸甘ったれたようなひびきがあった。恐らく、暗闇で胸にでも触られたんだろうと思った。二発の破裂音の方は、あれはピストルじゃないとすぐわかった」

「何故です？」

「ピストルというのは、発射した瞬間に、閃光が走るものだよ。だが、あの二発は壁に当ったところで、閃光が走った。だから、あれは癇癪玉の類だと思った。つまり両方共、危険はないと判断したわけだよ。それとも、金城ゆり子の死体が転がっていたかね？」

「いや、そんなものはありませんが」

吉牟田刑事は、ボソボソした声でいった。確かに、明智の指摘は当っていた。この部屋に、金城ゆり子の死体は転がっていないし、薬きょうも落ちていない。

「しかし、先生の推理が当っているとして、誰が何のために、そんな悪戯をしたんでしょうか？」

「さあ、何のためにやったのかねえ」

明智は、面白そうに笑っているだけだった。どうも、名探偵というのは、事件が複雑化すればするほど、面白がる悪癖があるようだ。吉牟田刑事は、胸の中で舌打ちをした。

ようやく外が白み始めた。大造がカーテンをあけると、淡い明るさが、部屋の中に滑り込んできた。

「明智先生のいった通りです」

と若い鈴木刑事が、すっとんきょうな声を出し、壁際で拾い上げたものを、吉牟田刑事のところに持って来た。

「癇癪玉です、あの二発は、癇癪玉だったんです」

「そうだな」

と、吉牟田刑事は、無愛想に肯いた。一体誰が、何のためにこんな詰らない悪戯をしたのだろう？　とにかく、人騒がせな奴だ。
部屋から逃げ出していた人たちも、戻って来た。
神崎五郎は、自分の部屋に戻って、明るくなるまでベッドで横になっていたとい
い、三人の名探偵も、自分の部屋にいたといった。本当か嘘かわからない。
ただ、金城ゆり子だけは、いつまでたっても、戻って来なかった。

6

「彼女を見た人はいませんか？」

吉牟田刑事は、皆の顔を見廻した。皆は、顔を見合せたが黙っている。吉牟田刑事は、次第に不安になって来た。暗闇の中から聞こえた金城ゆり子の悲鳴を、思い出した。

「彼女を探すんだ」

吉牟田刑事は、鈴木刑事に向って怒鳴った。

明智小五郎やエラリー・クイーンたちも、ゾロゾロと部屋を出て、マンションの中を、探し始めた。大造も、太った身体をゆするようにして、廊下を探して歩いた。

このマンションでは、各階の廊下の隅に、ダスター・シュートがあり、そこへ投げ込んだゴミは、地下にある焼却炉へ運ばれて、自然に燃えるようになっている。

ダスター・シュートのある所は、美観の上から、廊下を二メートルほど鉤の手に曲げてあるのだが、金城ゆり子は、そのダスター・シュートの前で倒れていた。

見つけたのは、若い鈴木刑事で、すぐ大声で吉牟田刑事を呼んだ。

吉牟田刑事は、最初、彼女が死んでいるのではあるまいかと、ぎょッとしたが、抱き起こすと息があった。気を失っているだけらしい。

「吉牟田さん」

と、急に、若い刑事が顔色を変えて、吉牟田刑事の足元を指差した。吉牟田刑事が見ると、金城ゆり子が倒れていたところに、部厚い札束が転がっていた。

鈴木刑事が、ひどく緊張した顔で拾い上げた。

「全部一万円札だから百万円はありますよ」

鈴木刑事の声が、自然に甲高くなっている。

「落着けよ」

と、吉牟田刑事は、苦笑した。確かに百万円は大金だが、奪われたのは三億円という額なのだ。百万円は三百分の一でしかない。

佐藤大造や、四人の名探偵たちも、ダスター・シュートの前に集って来た。

吉牟田刑事は、まだ気を失ったままの金城ゆり子を、鈴木刑事に五〇六号室に運んで寝かせるように命じてから、佐藤大造に、百万円の札束を見せた。

「倒れていた金城ゆり子の身体の下にあったんですがね。奪われた三億円の一部かどうかわかりますか？」

大造は、札束を取り上げて、暫く眺めていたが、

「確かに、わたしが銀行からおろして来たものだ」

「何故、そう断定できます？」

「帯に、西岡という印が押してある。これは、あの銀行の責任者の印だからね」

「成程。それなら間違いないでしょうな」

「何故、こんなところに、三億円の一部があったのかね？」

「私にもわかりません。ただ、場所がダスター・シュートの前だということで、一つの解釈は可能だと思っています」

と、吉牟田刑事は考えながらいった。

「金城ゆり子が、百万円をダスター・シュートに投げこんで、燃やそうとしていたとでもいうのかね？」

「そう考えられないこともありません」

「しかし、金を燃やすなんて狂人のすることだ」

「とは限りませんよ。追い詰められた犯人なら、自分を助けるために百万でも二百万でも、三億円でも焼き捨てるかも知れませんからな」

「追いつめられた犯人ねえ」

「停電になる前、私は、五階の部屋全部を調べると、皆さんに申し上げた。犯人は、調べられたら証拠になる札束が見つかってしまうと思ったのかも知れません。それで、停電をこれ幸いと、持っていた札束を、ダスター・シュートへ投げ込んだということは、十分に考えられます」

「すると、あなたは、金城ゆり子が犯人だと考えているのかね？」

「そうは申し上げませんよ。犯人が、札束をダスター・シュートに投げ込んでいるところを、彼女が咎めたのかも知れません。犯人は、驚いて彼女を殴り倒して逃げたとも考えられます。この札束は、その時、犯人が落して行ったと。とにかく、彼女が気がつけば、一体何があったかわかるでしょう」

「彼女が、正直に話せばのことだがね」

大造は、疑問を投げかけるようないい方をしてから、

「わたしは、すぐ、地下の焼却炉を調べて貰いたいね。三億円が本当に焼かれてしまったかどうか、一刻も早く知りたいんだ」

「勿論、私もその積りです」

吉牟田刑事が肯き、彼を先頭に、皆は、階段を地下一階までおりて行った。まだエレベーターは動いていなかったし、他の階の住人の起き出してくる気配もない。

耐火レンガで造られた焼却炉の中にはまだ火が残っていた。

備付けの火かき棒で、扉をあけると、熱風が押し出されて来た。

吉牟田刑事が、皆を焼却炉から遠ざけておいて、火かき棒で残り火を外へかき出した。

三島が、それに水をかける。ジュウジュウと音を立てて、湯気が立ち昇った。四人の名探偵に神崎、それに佐藤大造が、黒くなった燃えかすを注意深く眺めた。

エラリー・クイーンは、ひょいと手を伸ばすと、燃えかすの中から、黒い破片のようなものを拾い上げた。

「これは、間違いなくシルクハットのツバの部分だ」

エラリーは、満足気にいった。

「やはり、誰かが、被害者のシルクハットを燃やしたのだ」

その言葉を、三島が吉牟田刑事に通訳して聞かせたが、吉牟田刑事は、興味のない顔で、肯いただけだった。

シルクハットがダスター・シュートから焼却炉に投げこまれ、燃やされてしまったとしても、大したことではないと、吉牟田刑事は考えていた。問題は、三億円の方だ。

「あれは？」

と、大造が、吉牟田刑事の肩を突っついた。丁度、火かき棒の先に、燃えかすの四角いかたまりが、引っ掛って出て来たところだった。それは、札束の燃えかすのようでもあった。それを境に、同じような四角い燃えかすのかたまりが、続々と出て来た。それは、忽ち山のようになった。数えてみると、楽に二百を越えている。

「どうやら、三億円の灰のようですな」

と吉牟田刑事は、気の毒そうに大造を見た。

「勿論、あとで専門家に見て貰わないと、札束が燃えたものかどうか、断定はできませんが」

7

吉牟田刑事たちが五階に戻ると、金城ゆり子は、意識を回復していた。

「一体、何があったのか、教えて貰いたいんだがね」

と、吉牟田刑事が、彼女の顔をのぞき込むようにしてきくと、金城ゆり子は、

「まだ、頭がフラフラするわ」

と、顔をしかめて見せてから、

「あたしにも、何が何だかわからないのよ」

「停電になったとき、君は、助けてくれと悲鳴をあげた。それは覚えているだろうね？」

「ええ。あの時、誰かが、あたしの肩をつかんだのよ」

「誰だね？」

「そんなことわからないわ。まっ暗だったんだもの」

「それからどうしたんだね？」

「村越クンが殺されてるでしょう。だから、あたしも怖くなって、廊下へ逃げ出した

のよ。そうしたら、廊下もまっ暗じゃないの。困っちゃってたら、いきなり背後《うしろ》から、口と鼻をハンカチでふさがれちゃったのよ。変な匂いがしたと思ったら、すーッと気が遠くなっちゃったの。そのあとどうなったのか知らないわ」

「麻酔薬《エーテル》を嗅がされたんだな」

「あれ、薬だったの？」

「恐らくね。すると、ダスター・シュートの前に行った覚えはないわけだね？」

「勿論よ。今、この若い刑事さんから、百万円のことを聞いたけど、そんなお金のことだって、知らないわ。初めて聞いて、びっくりしてるのよ」

「薬を嗅がした人間が誰かわからないかね？」

「わからないわ。今もいったように、まっ暗だったんだもの。男だということはわかったけど、あたし以外に女はいないんだから、犯人を見つけるのには役に立たないわね」

金城ゆり子の大きな眼が、クルクル動いた。

「何故、あたしを、あんな目に遭《あ》わせたのかしら？　きっと、あたしを、三億円を盗んだ犯人に見せるためね」

「そうかも知れないな」

と、吉牟田刑事は、肯いてから、改めて、彼女の顔を見直した。若いファッションモデルで、簡単に村越克彦と同棲して、毎日ゴーゴーを踊っていたということから、頭のあまりよくないフーテン娘という先入主があったのだが、どうやら、この先入主は間違っていたらしい。どうして頭もなかなか良さそうだ。吉牟田刑事は、金城ゆり子を見直したが、それは勿論、刑事として見直したので、好意を持ったわけではなく、油断の出来ない娘だと思っただけのことである。

「さて」

と、吉牟田刑事は、厳しい眼になって、鈴木刑事を見た。

「停電で中止した仕事をやるぞ」

「何をです？」

「五階の全部の部屋を調べるんだ。大事なことを忘れては困る」

吉牟田刑事は、ジロリと若い刑事を睨んだ。

8

五階の部屋が、順々に調べられた。吉牟田刑事は、明智小五郎や、三人の外国の名探偵の部屋でも、遠慮なく、徹底的に調査した。

しかし、結果は、骨折り損のくたびれ儲けに終ってしまった。どの部屋からも、三億円の札束は出て来なかった。

吉牟田刑事は、流石に、疲れ切った顔で、改めて皆を、事件の起きた五〇六号室に集めた。

「ご覧の通り、三億円は、何処からも出て来ませんでした。見つかったのは、ダスター・シュートの傍にあった百万円の札束一つだけということになります」

吉牟田刑事は、申しわけなさそうに、大造を見た。大造は、暗い顔になって、

「そうすると、焼却炉で見つかったあの燃えかすは、やはり、わたしの三億円というわけかね？」

と、きいた。吉牟田刑事は、すぐには答えず、四人の名探偵を見廻した。

「皆さんはどう思います？　追いつめられた犯人が、証拠になる三億円をダスター・シュートから焼却炉に落して焼き捨てたと思いますか？」

「ノー」

と、エラリー・クイーンが笑いながらいった。

「あの燃えかすは、明らかにタダの紙片を札束の形にして燃やしたものだよ。犯人の

小細工だ」

「ノン」

と、メグレもいった。が、メグレは、それに何も付け加えなかった。

ポワロは、ご自慢の口ひげをなぜてから、

「このエルキュール・ポワロが断言します。あれは、絶対に札束ではあり得ない。何故なら、折角手に入れた三億円全部を焼いてしまうなどとは、犯罪者の心理に反するからです」

「僕も同感だ」

と、明智も、吉牟田刑事に向っていった。

「今度の事件を最初から考えると、犯人は、非常に緻密な頭脳の持主だと思う。そんな犯人が、殺人を犯してまで手に入れた三億円を燃やしてしまう筈はないからね。あの燃えかすは、ミスター・クイーンがいったように、新聞か雑誌を一万円札の大きさに切って束ねて、燃やしたものだと思う」

「しかし、もしそうだとすると、三億円が何処かにある筈ですが、いくら調べても、どの部屋からも見つかりませんでしたが」

「それは、探し方が悪いのさ。僕には、三億円が何処にかくされているか、大体の見当がついている」

「何ですって？」

吉牟田刑事が、眼を剝いた。

「一体、何処です？　何処にあるんです？」

「そんなに周章《あわ》てなさんな。容易に動かせない場所だから大丈夫さ。それより、専門家があの燃えかすを調べに来るんだろう？」

「さっき電話しましたから、間もなく、日本銀行から専門家が来てくれる筈です。どんなにひどく燃えていても、本当の札かニセモノかわかるそうです」

「じゃあ、その鑑定が終ってから教えるよ。もし、あの燃えかすが本物だったら、僕の考えは間違っているわけだからね」

明智は、一応そういったが、その顔は自信に満ちていて、専門家の鑑定がノーと出ることを確信しているようだった。

日銀から、二人の専門家が、鑑定の道具を携えて到着したのは、九時半を過ぎてからだった。

吉牟田刑事は、二人をすぐ地下の焼却炉に案内した。

皆の見守る中で、二人の専門家は、燃えかすのかたまりの一つ一つを、丁寧に調べていった。それは、見ているだけでも疲れてくるような根気のいる仕事だったが、二人とも、殆ど無表情で、黙々と作業を続けた。

全部のかたまりの調べを終ったのは、二時間近くかかってからだった。

「結果を聞かせて頂けませんか？　本物の札束でしたか？　それともタダの紙の束でしたか？」

吉牟田刑事は、のどに絡まったような声を出した。三億円かゼロかが決まるのだ。どうせ他人の金だと思っても、自然に緊張してくる。

「では鑑定の結果をお知らせします」

年輩の専門家が、淡々とした口調でいった。

「このかたまりは、全て本物の一万円札です。間違いありません。合計金額は、だいたい二億六千万円近くです。ただ、これほど完全に燃えてしまっていると、日銀としては、お取り代えするわけには参りませんが――」

9

その瞬間、「うッ」というようなざわめきが、皆の間に起きたが一番の見ものは、四人の名探偵の表情だった。

「信じられない」

エラリー・クイーンは、身体を小さくふるわせ、鼻眼鏡を取って、意味もなく、何度もハンカチで拭いた。

「どう考えても、こんなことはあり得ない。あの時は、どうしても三億円を焼き捨てなければならないほど、犯人が追い詰められていたとは思えないからだ。第一、犯罪者の心理に反する。それとも、日本人というのは、異常性格の持主なのか」

エルキュール・ポワロは、完全に意気消沈していた。

「何たることだ！　このエルキュール・ポワロがミスを犯すとは――」と、ポワロは呻くようにいった。

「どうやら私は、犯人を甘く見過ぎていたらしい」

メグレは、両手をポケットに突っ込み、唸るような声を出した。

「この犯人は、狂人だ。いや、狂人を装った冷酷な人間かのどちらかだ」

明智小五郎は、いつものように、モジャモジャ頭に手をやったが、いつものような明るさも元気もなかった。端正な顔が蒼ざめていた。

「失礼ですが――」

と、明智は、二人の専門家に向って、乾いた声でいった。

「あなた方の身分証明書を見せて頂きたいんですが」

「いいですとも」

二人の専門家は、別に気を悪くした気配もなく、内ポケットから身分証明書を取り出して明智に見せた。本物の身分証明書だった。

「どうも」と、明智は、頭を下げた。「あまり、異常な結論が出たものですから、ついあなた方まで疑ってしまったのです」

「無理もありません」

と年輩の専門家は、柔和な表情でいった。

「わたしだって、こんな大金を燃やしてしまうような人間は、狂人としか思えませんからね」

二人の専門家が引き揚げたあと、暫くの間、奇妙な空気がその場を支配した。

佐藤大造は、怒りを剝き出しにして、いらいらと、焼却炉の前を、というより、二億六千万円の燃えガラのまわりを歩き廻った。

「これは、警察の失態だよ」

と、大造は、立ち止って、吉牟田刑事を睨みつけた。

「君は、三億円は必ず取り返してみせるとわたしにいった。だが、その三億円は、ホゴ同然になってしまった。この責任は、どう取ってくれる積りだね？」

「申しわけありません。犯人が、こんな思い切った行動に出るとは、考えても見なかったのです。明らかに、われわれの失敗です」

吉牟田刑事は、律義に謝ったが、その顔は、流石に苦虫を嚙みつぶしたようだった。吉牟田刑事にしてみれば、四人の名探偵がミスを犯したのは、多少痛快でないこともなかったが、見込み違いは吉牟田刑事も同じだった。

（犯人の奴め）

と、吉牟田刑事は、腹の中で、犯人を怒鳴りつけた。

（どうして、こんな大金を燃やすような馬鹿な真似をやりやがったんだ？）

神崎五郎と三島は、何となくぼんやりした虚脱したような表情をしていた。

「私は、人間より金の方を監視しているべきだったかも知れませんね」

と、神崎は、サングラス越しに、大造に向っていった。が、大造は、もう遅いとでもいうように、横を向いてしまった。

三島は、暫くの間、二億六千万円の燃えガラを眺めていたが、

「本当の三億円犯人も、札束を燃やしてしまったでしょうかねえ？」

と、誰にともなくきいた。その質問は、この場にふさわしいようにも、滑稽なようにも聞こえた。勿論、誰も、答えようとはしなかった。

金城ゆり子は、焼却炉の前にしゃがみ込んで、両方の掌に、二億六千万円の燃えガラを何度もすくい上げては、「こんなことってないわ」と、泣き声で呟いた。「彼があたしに話してくれてれば、あたしの物になったかも知れないのに」

四人の名探偵は、暫くの間は、意気消沈していたが、少しずつ、自尊心と自信を取り戻していった。

エラリー・クイーンが、ずり落ちそうになっていた鼻眼鏡《パンスネ》を直すと、煙草に火をつけ、じっくりと自分の考えに沈んだ。

犯人は、奪った三億円を灰にする筈がないと確信していた。だが、現実には、金は灰になってしまっていた。犯人が焼却炉に投げこんで燃やしたことは明らかだ。とすると、最初の確信のどこに間違いがあったのだろうか？

日本人の性格が特異で、それを見過ごしたのだろうか？

（いや）

エラリーは小さくくびを横にふった。民族的特性は認めるが、人間というものは、どこの国民でもたいして違わないものだ。それは、人種のルツボといわれるアメリカで犯罪捜査に当ったエラリーの結論だった。第一、日本の名探偵のミスター・アケチも、同じミスを犯したではないか。つまり、彼も、エラリーと同じように、犯人が三億円を灰にする筈がないと確信していたことになる。犯人が日本人でも同じだということだ。

(だが、犯人は、惜しげもなく三億円を灰にした！)

銀行の専門家は、二億六千万円くらいといったが、既に、このマンションやスポーツ・カーの購入に三千万から四千万は使っているから殆ど全部を灰にしたといっていいだろう。

(とすると、一体どういうことになるのか？)

犯人は気まぐれで狂気めいた人間なのだろうか？

断じて否《ノー》だ。

「チャイナ橙の謎」(The Chinese Orange Mystery)事件で、犯人は、被害者の身につけていたものから、現場の家具まで全部逆さに引っくり返して逃げた。だが、犯人は狂人だったどころか、恐るべき知能の持ち主だったのだ。

「エジプト十字架の謎」(The Egyptian Cross Mystery)事件では、四人の人間が首なし死体でハリツケにされた。だが、犯人は狂人ではなかった。

「ニッポン扇の謎」(The Japanese Fan Mystery) 事件では、密室で女が殺されながら、その部屋にいた小鳥は逃がされていた。女のノドを切って殺した残忍な犯人のイメージと、小鳥を籠から逃がしてやる優しい犯人のイメージとは相反していた。だが、そこから、エラリーは、あの事件が自殺であることを見抜いたのだ。

(まず、事件のモチーフを見抜くことだ)

と、エラリーは、自分にいい聞かせた。それが見つかりさえすれば、表面的には、ただデタラメで狂気じみているとしか思えない事柄が、全て意味を持ってくるのだ。

「悪の起源」(The Origin of Evil) 事件のモチーフは、進化論だった。犯人は、生物の進化の過程を真似て、まず蛙を殺し、犬を殺し、順々に進化のあとを辿って最後に人間を殺したのだ。

(ところで、今度の事件のモチーフは一体何だろうか?)

エルキュール・ポワロは、自分に腹を立てていた。たとえほんの僅かの時間でも、自信を失い意気消沈してしまったことが、腹立たしくてならないのだ。

折角奪った三億円を惜しげもなく灰にするという犯人の行動は、確かに意表をついた。恐らく犯人は、それで、この事件に神秘のヴェールをかぶせ、そのヴェールの向うに隠れた積りでいることだろう。

（だが、神秘的な事件などというものはあり得ないのだ。言葉を変えていえば、非論理的な事件などはあり得ない。だから、論理的に推理していけば、必ず事件は解決できるし、犯人を見つけ出すことができる。そして、私はエルキュール・ポワロなのだ）

「アクロイド殺人事件」（The Murder of Roger Ackroyd）で、小賢《こざか》しい犯人は、事件の記述者というヴェールの中に隠れていた。が、このエルキュール・ポワロは、論理的思考によって、苦もなく犯人を見つけ出した。

「オリエント急行の殺人」（Murder on The Orient Express）事件では、十四人の容疑者全員に完全なアリバイがあった。平凡な探偵なら、それでもうお手上げだろう。だが、このエルキュール・ポワロは違う。全員にアリバイがあるという非論理性を鋭く突き、全員が犯人だという事実に到達したのだ。

今度の事件でも、それは同じことだ。このエルキュール・ポワロの灰色の脳細胞を持ってして、解けぬ事件のある筈がない。

メグレは、パイプを口にくわえ、三十数年前に手がけた「男の首」（La tête d'un homme）事件のことを思い出していた。事件そのものより、あの事件の犯人だったラデックという若者のことだった。

あのチェコ人の医学生は、警察から逃げ廻るどころか、メグレに挑戦してきた。彼は、自分の天才を立証するために殺人を犯した。何の利益もないどころか、自分が追いつめられるのを知っていながら、犯罪を犯したのだ。ラデックは、「罪と罰」の主人公ラスコーリニコフの分身だった。そして、疎外感の強い現代は、ラスコーリニコフやラデックのような犯罪者は、否応なしに増加するだろう。

メグレは、日本について深い知識はない。だが、今日までの僅かの滞在の間の見聞でも、この国が、高度に工業化された情報社会だということは肌で感じとれた。GNPが自由世界第二位ということは、それだけ社会的緊張が強く、個人間の競争が激しいことを示している。弾き飛ばされ、自分が才能のわりに恵まれないことに、鬱積した感情を抱いている人間も当然多い筈だ。老人なら、その鬱積した感情は諦めに変る。だが、若者の場合は、社会に対する憎悪に変るだろう。ラスコーリニコフやラデックの後裔《こうえい》が、何人もいるということだ。

もし、ここに、彼等の一人がいたらどうだろう？

三億円という大金。四人の世界的名探偵。舞台は絶好だ。この舞台で犯罪を犯せば、日本中の注目を浴びることができる。だから、殺人を犯した。犯人にとって、自己の才能を証明するための殺人、殺人のための殺人だったのではないだろうか。

犯人にとって、殺人は、社会への挑戦であり、四人の探偵と警察への挑戦だった。とすれば、折角奪った三億円を焼き捨てるという異常な行為も、納得できるのだ。探偵や警察を混乱させ、混乱させた自分の才能に酔うことが目的なら、三億円の札束を灰にしても犯人は惜しいとは感じないだろう。

今、ここには、四人の容疑者がいる。佐藤大造、神崎五郎、三島、そして金城ゆり子だ。

このうち、佐藤大造はラスコーリニコフやラデックになり得ない。何故なら、大造は老人で、分別というものを持ってしまっているからだ。

他の三人は若い。頭も悪くなさそうに見える。金城ゆり子は女だが、女も哲学的になり得ることは、ミセス・サルトルが証明しているから除外はできない。そして、三人とも、ラスコーリニコフやラデックのように行動するかも知れぬ状態に置かれているように見える。三島は、素晴らしい語学の才能に恵まれながら、大造という老人に使われている。神崎を、大造は友人と紹介したが、友人扱いにしてはいない。使用人扱いだ。神崎自身も豊かそうには見えない。大造に命令されて、村越克彦の監視役に甘んじていたのは、恐らく生活のためだろう。心の底には鬱積しているものがある筈だ。金城ゆり子はチャーミングな娘だ。だが、三流モデルでしかないようだ。恐らく、彼女の虚栄心は満足していないだろうし、怒りの吐け口が欲しかったに違いない。

(この三人のうち、一体誰が、ラスコーリニコフとラデックの後裔だろうか？)

明智小五郎も、この時、彼が解決したいくつかの事件を思い出していた。

犯人が、三億円を灰にしてしまったのは、明智にも意外だった。正直にいってショックでないこともなかった。犯人もなかなかやるという気がした。

だが「黄金仮面」事件で渡り合ったアルセーヌ・ルパンほど恐しい相手とは、到底思えない。世界の怪盗アルセーヌ・ルパンにさえ勝つことが出来たのだ。今度の事件の犯人ごときに勝てない筈がないではないか。

意外性という点でも、「化人幻戯」事件の犯人大河原由美子の殺人動機ほどではない。

天使の美しさを持っていた彼女は、愛するが故に、相手を殺したのだ。彼女にとって、殺すことは悪ではなかった。彼女にとって、愛の極致は殺人だった。あの異常な心理と動機に比べれば、三億円を灰にした犯人の行動など、他愛のないものだ。恐らく、すぐ尻尾を出すだろう。

行き詰り

1

吉牟田刑事は、ひどく焦っていた。三億円を灰にしてしまったことは、いろいろと釈明の仕様があっても、警察の黒星であることに変りはない。この上は、一刻も早く犯人を逮捕しなければ、面目が立たなかった。

だが、誰が一体犯人かということになると、吉牟田刑事には今のところ皆目見当がつかないのである。

怪しいと思えば、誰も彼も怪しく見えた。

神崎五郎という男は、ヒッピーみたいに顎ひげを生やし、いつもサングラスをかけていて、どうも気に入らない。

三島という青年は、忠実な通訳のように見えるが、今の状態に満足しているとは思えないし、三億円のことは知っていたのだから、殺人を犯す動機は十分にあるのだ。

金城ゆり子は、いつも被害者らしく振舞っているが、それがかえって怪しくも見える。麻酔薬《エーテル》を嗅がされて倒れていたのだって、或は、自分で嗅いだのかも知れない。麻酔薬をしみ込ませたハンカチは、気を失う寸前にダスター・シュートに放り込めばいいのだから。

佐藤大造だって、疑えば疑えぬことはない。三億円をわざと奪わせ、モルモットにした村越克彦を観察し、三億円事件の解決に役立たせたかったのだと、殊勝なことをいっているが、もしかすると、急に不安になってきて、村越克彦を殺して三億円を取り返したのかも知れないではないか。

明智小五郎だけは、疑うわけにはいかないが、外国の探偵三人は、絶対にシロとはいい切れないと、吉牟田刑事は思う。アメリカドルにして八十万ドルなのだ。ふッと変な気を起こしたとしても不思議はない。シルクハットが失くなったことや、椅子の位置が変だと、詰らないことに大騒ぎしたのも、警察を混乱させる手だったのかも知れぬ。

吉牟田刑事は、腕を組み、天井を睨んだ。

昼近くなると、事件を知った新聞記者が、マンションにどッと押しかけてきた。テレビ局も、中継車を送って寄越した。合計で、普通の殺人事件のときの三倍近い記者が押しかけて来て、マンションのロビーは忽ち、彼等で溢れてしまった。

マスコミの興奮も当然だったかも知れない。未解決の三億円事件への奇妙な挑戦、四人の世界的な名探偵、灰になってしまった二億六千万円。どれ一つとっても、新聞の大見出しになるからだ。

記者たちは、佐藤大造と四人の名探偵から談話を取ろうとして、争奪戦を展開した。それがあまりにも激しくて収拾がつかなくなり、最後には、ロビーで合同記者会見ということになった。

いつもなら、記者たちが取り囲むのは刑事たちと相場が決っているのだが、今度ばかりは、吉牟田刑事たちは完全に無視されてしまった。

吉牟田刑事は、不満でないこともなかったが、かえって静かに事件を調べられるとも思っていた。

若い鈴木刑事が、停電の原因がわかったと知らせてきたのは、そんな時だった。

「やはり、誰かが細工したのか？」

と吉牟田刑事はきいた。吉牟田刑事は、あの停電が偶然だと思っていなかった。あの時、丁度、彼が五階の全部の部屋を調べることを命令したのだ。その瞬間の停電というのは、あまりにも符節が合い過ぎているではないか。

どう細工したかはわからなかったが、あわてた犯人が停電させ、その間に、証拠品である札束を焼却炉に投げ込んだに違いないと思っていた。

だが、鈴木刑事は、申しわけなさそうに、くびを横にふった。

「それが、どうも偶然だったようなのです」

「じゃあ、停電の理由は何だったんだ？　変電所の故障かね？」

「いえ。停電はこのマンションだけだったようです」

「それで偶然というのは、どういうわけかね？」

「それが馬鹿らしいんですが、この上の階で、あの時刻にヌード撮影会をやっていたんです」

「ヌード撮影会だって？」

「そうなんです。ヌード撮影会です。上の部屋に関係者を集めておきました」

「しかし、ヌード撮影会と停電と、どんな関係があるんだね？」

「あれは、ライトを一杯使うんだそうです。昼間だと、他の部屋で電気をあまり使ってないので、大体安全なんだそうですが、あの時間は、他の部屋でも使っていたので、配電盤のヒューズが飛んでしまったのだといっていました。地下に行って調べてみましたら、確かに配電盤の太いヒューズが飛んでいました」

「とにかく、その関係者に会ってみよう」

吉牟田刑事は、半信半疑の顔でいった。殺人の次は三億円が灰と思ったが、今度は、ヌード撮影会か。

一階上の六階に向って階段をのぼりながら、吉牟田刑事は、舌打ちをした。まるで、このマンションは百鬼夜行だ。

六〇五号室に、中年の男三人と、若い女二人が、妙に神妙な顔つきで、吉牟田刑事を待っていた。

部屋の床には、コードや縄《ロープ》が乱雑に置いてあり、停電の原因になったという三〇〇ワットから三五〇ワットぐらいの電球が何箇も並んでいた。カメラと三脚だけは、遠慮勝ちに隅に置いてあった。

「責任者は、どなたですか？」

吉牟田刑事が声をかけると、黒ぶちの眼鏡をかけた背の高い中年の男が、

「私が、この部屋の人間で、坂西といいます」

と、いい、名刺を差し出した。

「井崎製紙KK・役員・坂西栄一」と書いてある。役員という肩書にふさわしい貫禄のようなものがあった。

「私たちが、警察の捜査のお邪魔をしてしまったようで、お詫びします」

坂西栄一は、軽く頭を下げた。吉牟田刑事は、機先を制せられた恰好で、思わず、

「いや」と、くびを横にふってしまってから、

「事情を説明して頂けませんか？」

「ここにいるのは、二人とも私のカメラ仲間です。それから、あの女性二人は、モデルに来て貰った人です。素人のモデルで、普通のときは、銀座のデパートで働いています」

「いつも、夜中に撮影会をなさるんですか？」

「そうでもありませんがね。私も、友人も仕事に追われているので、どうしても、カメラいじりは夜になりがちなのですよ。実は今日は、撮影会はやる筈じゃなかったのです」

「ほう」

「昨夜、ここでクリスマス・イヴのパーティを開いて頂きましたからね。部屋に戻って、そのまま眠るつもりでいたら、彼から電話が掛って来ましてね」

坂西栄一は、友人の一人を、笑いながら指さした。

「モデルが揃ったから、これから撮影会をやらんかというんです。こちらも嫌いじゃ

ありませんから、すぐ、O・Kということになっちまったんですよ」

「撮影会を始めたのは何時頃ですか？」

「午前一時頃でしたかねえ。ご迷惑になっちゃ悪いと思って、みんなには、裏の非常階段から上って来て貰いました。もっとも、それだけ気を遣っても、停電させてご迷惑をおかけしたんでは、何にもなりませんが」

「午前一時から始めたのに、何故、六時頃になって、急に停電する破目になったんです？」

「最初の中は、気を遣ってたんですが、夜明け近くなって、どうしてもカラーで撮りたくなりましてねえ。ご存知のように、カラーだと、白黒より明るくする必要がありましてね。まあ大丈夫だろうと、ライトを増やしたのが失敗でした。ヒューズを飛ばしてしまって」

喋っていることに、別に不審な点はないようだった。ヌード撮影会というのも、初老に近い中年男には、ありふれた趣味かも知れない。

吉牟田刑事が床に落ちている縄《ロープ》の束を拾い上げてきくと、坂西栄一は、弱ったなというように頭に手をやった。モデル役の二人の女は、顔を見合せ、坂西の当惑が面白
「この縄《ロープ》は何です？」

いというように、クスクス笑い出した。

「その縄《ロープ》は、小道具なのですよ」

坂西は、苦笑しながらいった。

「小道具というと？」

「今、女の子を縄で縛る写真が一寸した流行《はやり》でしてね。私たちも、その真似をしてみたというわけです。縄で縛ると、アクセントがついて、平凡なヌード写真が生々して来ますよ」

「痛かったわよオ」

と、女の一人が、甘えたような声を出した。

「おじさまたちったら、本気で縛るんだもン。痕がまだ残ってるワ」

女は、腕をまくり上げ、縄《ロープ》の痕を見せてから、吉牟田刑事に向って、

「刑事さん。バスに入って来ていいかしら？　早くお湯で温めないと、痕がなかなか消えないのよ」

2

吉牟田刑事は、五〇六号室に戻ってから、鈴木刑事にきいた。

「どう思うね？」

「なげかわしいです」

と、若い刑事は、顔をしかめて見せた。

「なげかわしい？」

「井崎製紙といえば、最近紙を溶かす新しい機械を発明したというので、評判になった一流会社です。そこの役員がヌード撮影に凝っているなんて、なげかわしいですよ」

「まあ、そう悪い趣味でもないさ。君は話を聞いていて、彼等が嘘をついていると思ったかね？」

「感心しない連中ですが、嘘をついているとは思いませんでした。嘘をつく気なら、自分の方から、停電の原因を作ったとはいわんと思います」

「向うからいって来たのか？」

「そうです。六階に上って、いろいろと聞いていたら、通りかかったあの男が、向うからヒューズを切ってしまったと、いったんです」

「そうか」

吉牟田刑事が、腕をこまねいたとき、やっと記者会見が終ったとみえて、明智小五郎たちが、部屋に入って来た。どの顔も、いささか疲れているようだったが、明智は、吉牟田刑事の顔を見るなり、

「停電の原因がわかったそうだね？」

と、きいた。

「どうしてご存知なんです？」

「そういう点は地獄耳でね。どんな理由だったんだね？」

「それが、妙な理由でしてね」

吉牟田刑事が、事情を説明すると、明智は、それをエラリーたち三人に通訳した。三人は、顔を見合せてクスクス笑い出した。原因がヌード撮影だったというのが、滑稽だったらしい。

「それで、皆さんにお伺いしたいんですが」

吉牟田刑事は、遠慮勝ちに、四人の名探偵の顔を見廻した。

「私は、どうもあの停電が偶然だったような気がして来たんですが、皆さんは、どうお考えですか？」

「僕には、あまり興味のないことだね」

と、エラリーが、意外なことをいった。吉牟田刑事は、「え？」と不審そうに、エラリーの顔を見た。

「しかし、あの停電が偶然だったか、計画的なものだったかということは、重大なことじゃありませんか？」

「どう重大なのかね？」

「どうといって――」

吉牟田刑事は、一瞬、言葉に詰った。こんな質問をされるとは、思っていなかったからである。吉牟田刑事の困惑した顔を見て、エラリーは、面白そうに顎をなぜた。

「僕にとって興味があるのは、停電が偶然か計画的かということではなくて、犯人にとって、どんな意味を持っていたかということだね。簡単にいえば、あの停電の間に、犯人は一体何をしたかということだ」

「そんなことは、ちゃんとわかっているじゃありませんか。犯人は、あの停電の間に、あわてて三億円、正確にいえば、二億六千万円を、焼却炉で焼いたんです。それから、金城ゆり子に麻酔薬を嗅がせて、ダスター・シュートの傍に百万円の札束と一緒に転がしておいたんです。もっとも、これは、彼女が犯人ではないとしてですが」

「果してそうだろうか？」

エラリーが、急に意地の悪い目つきになった。名探偵という人種は、時々、こういう意地の悪い目つきをすることがある。頭の悪い相手を、これから揶揄ってやろうとする時の前触れだ。吉牟田刑事は、明智の顔を見たが、明智も、通訳しながら、二人のやりとりを面白がっていて、助け舟は出してくれそうにない。吉牟田刑事は、小さな溜息をついてから、エラリーの矢面に立つ覚悟を決めた。

「果してというのは、どういうことですか？」

「停電が始ってから、夜が明けるまで、どの位の時間だったか、わかっているかね？」

「そのくらいのことは、わかっています。約三十分です」

「それから、われわれは、焼却炉を調べに行った。その間が十分間としても、四十分しかたっていないことになる。犯人が、停電になった途端に、札束を焼却炉に投げ込んだとしても、燃えていた時間は四十分ということになる。あの札束は、全部で二百以上あった。四十分で、それが全部、あのように殆ど灰になるまで焼けるだろうか？」

「それはどうともいえませんが、丁度火勢の強いところへ放り込んだら、四十分でも焼けるんじゃありませんか」

「成程。では、あなたに敬意を表して焼ける可能性があるとしよう」

エラリーが微笑したので、吉牟田刑事は、ほっとしたが、エラリーは、また皮肉な眼に戻って、

「だが、僕は、ここであなたに打ちあけなければならないことがある」

「何です？」

「実は、停電になったとき、僕は、部屋を飛び出して、暗闇の中を、地下の焼却炉へ駈けつけたんだよ」

「自分の部屋に戻られたんじゃなかったんですか？」

「あの言葉を真に受けたのかね？」

「そうじゃありませんが、何故、焼却炉へ行かれたんです？」

「停電になったとき、破裂音が二回して、暗闇に閃光が走った。だが、ピストルを撃ったのでないことはすぐわかった。恐らく花火の類だろうと直感した。犯人は、何故そんなことをしたか？　理由は一つしかない。われわれを混乱させるためだ。混乱さ

せてどうするのか？　第二の殺人を犯すためか？　ノーだ。それなら、花火なんか破裂させずに、あの暗闇を利用して、刺すなり殴り殺すなりすればいいのだからね。とすると、考えられるのは、証拠湮滅しかない。隠すのは、探し出される恐れがある。一番安全なのは焼いて灰にしてしまうことだ。だから、僕は地下の焼却炉へ直行したんだ」

「――――」

「行ってみて驚いたね。思いは同じだったとみえて、ムッシュー・ポワロも、ムッシュー・メグレも、ミスター・アケチも、前後して、集ってきた」

「皆さんは、全員で、私に嘘をついていたんですか？」

吉牟田刑事が、呆然とした顔になると、エルキュール・ポワロは、胸をそらせて、

「私はエルキュール・ポワロですよ。ムッシュー・ヨシムダ。あんな重大な瞬間に、本当に自分の部屋でベッドに横になっていたと思われたんですか」

「――――」

「ところで、焼却炉だが、僕たちが行ったとき、既に赤々と燃えていた。ミスター・アケチは、途中で五階に戻ったが、僕たち三人は、夜が明けるまで、焼却炉の前を離れなかった。その間、誰も、焼却炉には近づかなかった。つまり、犯人は、停電にな

ったあとで、あの札束を燃やしたのではないのだ。もっと前に、恐らく、村越克彦を殺して、金を奪った直後に、焼却炉に放り込んだのだよ」

「一寸待って下さい」

吉牟田刑事は、あわてて手を横に振った。

「そんな馬鹿なことは考えられませんよ。それに、焼却炉に行かなくても、ダスター・シュートに放り込めば、焼却炉に運び込まれるようになっているのですよ」

「イエス。だが、われわれ三人が、焼却炉の前を離れなかったことを思い出して欲しいね。二百以上の札束が放り込まれれば、当然、火勢が強くなる筈だ。だが、そんな気配は全くなかった」

「しかし、そうなると、一体、どういうことになるんです？」

「結論は一つしかないね。犯人は、奪うとすぐ金を燃やし、停電の間は、何もしなかったということだよ。金城ゆり子の件は別にして」

「そんな馬鹿な――」

「確かに馬鹿げている。だが事実だ。だから僕は、余計に、あの燃えガラが、本物の札束でなく、ニセモノだと思ったんだ。ところが、本物の札束だという。正直にいって、僕は当惑した。犯罪者の心理に反している」

「しかし、皆さんは、さっきは、停電の間に犯人が札束を焼いたとお考えのようにみえましたが？」

吉牟田刑事が、四人の顔を見廻すと、メグレが笑って、

「それは、犯人がそう思わせたがっていると考えたので、暫くの間、犯人を安心させてやろうと、われわれが打合せをしたからですよ」

「しかし、犯人は、何故、そんな七面倒臭いことをしたんでしょうか？」

吉牟田刑事が、当惑した顔できくと、エラリーが、「だから――」と、いった。

「だから、僕が、あの停電は犯人にとってどんな意味があったろうかといったのだよ」

3

吉牟田刑事は、わけがわからなくなってしまった。

エラリー・クイーンの証言は、真実と考えざるを得ない。四人の名探偵が、共謀して嘘をついたとは到底考えられないからである。

と、すると、エラリーのいうような結論しか出て来ない。

犯人は、村越克彦を殺した直後に、三億円の札束を焼却炉で燃やした。

停電の間、犯人がやったと思われることは、二発の癇癪玉を破裂させたことと、金城ゆり子に麻酔薬を嗅がせて、百万円の札束と一緒にダスター・シュートの傍に転がしておいたことだけである。（金城ゆり子が犯人とすれば、これは芝居ということになる）

（これは一体どういうことなんだ？）

吉牟田刑事は、頭が痛くなってきた。彼は、今まで、犯人は、三億円を奪うために、村越克彦を殺したと考えていたのだが、どうやら、犯人は、三億円を焼き捨てるために、村越克彦を殺したらしい。こんな馬鹿なことをする人間がいるだろうか。エラリー・クイーンの言葉ではないが、犯罪者心理に反している。

犯人は、金が嫌いな人間なのだろうか？　とまで吉牟田刑事は考えたが、どうもこれは可能性が薄いようだった。金が嫌いな人間など、常識では考えられない。

灰になったのはニセ札ではないかとも考えた。だが、日銀の専門家が鑑定したのだ。たとえ灰になっていたとしても、ニセ札ならすぐわかるだろう。

結局、犯人の行為は、狂気としか考えられない。

停電の時の犯人の行動も、吉牟田刑事には不可解としかいいようがなかった。

犯人は、あの停電以前に三億円を焼却してしまっていたのだから、警察が全部の部屋を調べるといっても、平然としていられた筈である。だから、理屈からいって、停電の必要はなかった。つまり、停電は偶然ということになる。

停電が偶然だとすると、その時に示した犯人の行動も、不可解ということになる。証拠品の三億円は焼却してしまっているのだから、じっと静かにしていた方が得策の筈である。それなのに、犯人は、癇癪玉を二発破裂させたり、金城ゆり子に麻酔薬を嗅がせたりしている。何故、わざわざ警察の注意を引くようなことをしたのだろうか。

それに、百万円の札束にも、疑問が残る。

佐藤大造は、あれは、奪われた三億円の一部に間違いないと証言した。と、すると、犯人は、何かの理由で、百万円だけ手元におき、残り全部を焼いたことになる。その百万円が見つかるのが怖くて、停電の時、あんな行動をとったのだろうか？

この考えも、どうもすっきりしない。三億円を奪っておいて、百万円だけ残して、あと全部を燃やしてしまうという犯人の心理が、理解できないからだ。百万円しか必要がなかったのなら、最初から、それだけしか盗み出さず、あとは金庫に残しておく方が自然ではあるまいか。わざわざ、焼却炉まで運ぶ手間がはぶけるし、三億円の中から僅か百万円なら、気づかれずにすむ可能性もあるのだから。

「どうもわからんなあ」

吉牟田刑事は、声に出していい、大きな溜息をついた。どうも、今度の事件にはわからないことが多過ぎる。

4

エラリー・クイーンが、明智小五郎と二人で、吉牟田刑事に外出の許可を求めてきたのは、彼が、大きな溜息をついた直後だった。

「外出には、あなたの許可が必要だと思ってね。ここは、日本なのだし、殺人事件なのだから」

と、明智の通訳でエラリーに丁重にいわれて、吉牟田刑事は、恐縮した。

「もともと、警察としても、世界的な名探偵の皆さんのことは、容疑者とは考えておりません。ところで、何か重大な用でもお出来になったのですか？」

「シルクハットのことで、一寸外出したいのだがね」

「シルクハット？　まだ、あのシルクハットのことを考えていらっしゃるんですか？」

吉牟田刑事は、呆れたというように、口を小さくあけて、エラリーの面長な顔を見上げた。三億円が灰になっていたという強烈なショックの前に、詰らないシルクハットのことなどけし飛んでしまったと思っていたのに、このアメリカの探偵は、まだしんねりむっつりとまだ考えていたらしい。

エラリーは、鼻眼鏡の奥で微笑した。

「シルクハットのことを考えると、どうしても、一つの結論に達せざるを得ないし、その結論は、今度の事件に重大な意味を持ってくるのでね。僕の結論が正しいかどうか、これから調べに行きたいんだ」

「何処へ行かれるんです？」

「今、村越克彦の死体が置いてあるところへ行きたいと思っている」

「それなら、解剖が終って、監察医務院にある筈です。私がご案内しますが、その結論というのを聞かせて貰えませんか？　何かひどく重大なことのようですが」

「それは――」

と、エラリーはいいかけてから、

「それは、村越克彦の死体にお目にかかってからのお楽しみにしておきたいね」

と、いかにも名探偵らしい思わせぶりないい方をした。吉牟田刑事は、ヤレヤレと肩をすくめてから、明智に、

「ミスター・クイーンは、一体何を考えているんです？」

と、小声できいてみたが、明智も、意地悪く、ニヤッと笑って、

「今日の僕は、ミスター・クイーンの通訳だからね」

と、はぐらかされてしまった。吉牟田刑事は、仕方なしに、黙って二人をパトカーに案内した。

K町の監察医務院までの間、二人は英語で話していたが、聞いていると事件のことではないらしく、ハラキリとか禅という言葉が飛び出してくる。どうやら、東洋の神秘について、のんびり話し合っているようだった。

それでも、車が監察医務院に着くと、二人とも、ピタリとハラキリや禅の話はやめてしまった。

「もう話して下さってもいいんじゃありませんか？」

地下室への階段を降りながら、吉牟田刑事は、催促するようにいった。明智が、それを通訳すると、エラリーは、階段の途中で、「O・K」と、立ち止った。

「村越克彦の死体を見てからと思ったが、その前にいっておいた方がいいかも知れない。恐らく、あの死体は、村越克彦じゃない。これは、断言してもいいね」

「何ですって？」

吉牟田刑事は、呆然としてエラリーの顔を見上げた。エラリーは、自信たっぷりに、大きく肯いて、

「これから見に行く死体は、村越克彦じゃない」

「しかし、あなた方は、村越克彦が殺されたといったし、死体を運び出すとき、何もおっしゃらなかったじゃありませんか？」

「確かにね。あの日のパーティで、村越克彦は、顔が隠れるほど髭を生やし、フロックコートにシルクハットという仮装をして参加していた。その直後に、そのままの恰好で、しかも彼の部屋で殺されていたので、誰もが、村越克彦が殺されたと頭から決めてしまったのだよ。それに、警察も、扮装のまま死体を運んで行ったからね」

「それを、何故、村越克彦じゃないと思われたんですか？」

「シルクハットだよ」

「シルクハットねえ――」

「何故、犯人は、シルクハットだけ隠してしまったのか？　僕は、それが疑問だっ

た。シルクハットが、焼却炉で燃やされたのを知って、その疑問は、ますます深くなった。犯人は、何となく隠そうという軽い気持だったのではなく、絶対に見つかってはならないと考えていたのだ。僕は、あの焼け焦げた破片に、そうした犯人の強い意志を感じたのだよ。では、何故、犯人は、そんなにまでしてシルクハットだけを、われわれの眼から隠そうとしたのか？」

「シルクハットが嫌いなんじゃありませんか？」

「ノー。ただ単に嫌いなら、窓から放り投げるなり、踏み潰すなりしていた筈だよ。犯人は、見つかるのが怖かったのだ。ズタズタに引き裂いてあっても、発見されてはいけなかった。だから、灰にしようとしたのだ。何故だろう？」

「私にはわかりません。他人を村越克彦に見せたいのなら、シルクハットもかぶせておけば一番いいんですから」

「それだよ」

エラリーが、急に大きな声を出した。

「他人を殺しておいて、それを村越克彦だと思わせるには、パーティの扮装のままがいい。勿論、シルクハットもだ。恐らく、犯人もそうしておきたかったに違いない。だが、犯人は、どうしてもそれが出来なかった。理由は、一つしか考えられない。シルクハットが見つかれば、他人だとわかってしまうからだ。つまり、シルクハットのサイズが、全然合わなかったということだよ。恐らく、犯人は、村越克彦に似た身体つきの、似た顔立ちの男を犠牲者に選んだと思う。だから、服も靴も合ったのだろう。だが、頭のサイズというのは、同じ背恰好でも極端に違うことがあってね。きっと、その犠牲者の場合がそれだったのだと思う。だから、犯人は、あわててシルクハットだけを、焼却炉で燃やしてしまったのだ」

「それで、シルクハットにあんなにこだわっておられたんですか」

吉牟田刑事は、成程、名探偵は目のつけどころが違うと感心したが、同時に、それなら、何故もっと早く話してくれないのかと不満を感じた。もっとも、名探偵というのは明智も含めて、自分の考えを出し惜しみする性癖があるから、ないものねだりというやつかも知れない。

三人は、死体置場についた。係官の案内で、村越克彦の死体の所に行く。白布を、係官が無造作に持ち上げた。

「やはり、違う」

エラリーは、胸を張っていった。

5

「違うというと、これは一体誰なんです？」

吉牟田刑事は、二人の名探偵の顔を見比べた。

明智は、じッと、死体を眺めていた。

「どうやら、パーティの時、余興をやった芸人の一人のようだ」

と、いった。その言葉に、エラリーも肯いた。

「確かに、あの時マジックをやった男だ。マジック自体は、ひどく下手くそだったが、自分が他人の身代りに殺されたというのは、たいしたマジックだね」

「どういうことなんですか？　これは」

吉牟田刑事は、うんざりした顔で、二人にきいた。これ以上、事件が複雑化しては堪らないと思うのだが、エラリーと明智は、むしろそれを楽しんでいるような顔をしている。

「村越克彦だと思っていたのが、実は替玉だった。それだけの話だよ」

と、明智は、いとも簡単にいった。

三人は、地下室を出た。が、吉牟田刑事の顔は、一向に明るくならなかった。

「すると、犯人は、村越克彦ということなんですか?」

と、吉牟田刑事はきいた。もしそうならば、替玉とわかったことは、かえって事件の解決を近づけたことになる。だが、エラリーも、明智も、いい合せたように、

「それも一つの考え方だね」

と、あいまいないい方をしただけだった。

「しかし、他に考え方がありますか? もし、村越克彦以外に犯人がいるとしたら、そいつは何故、替玉なんかを殺す必要があるんですか?」

「いい質問だ」

エラリーは、微笑した。喰ってかかるような吉牟田刑事のきき方が可笑しかったらしい。

「その質問に答える前に、一つのことも考えて貰いたい。それは、フロックコートを着せ、顔一杯にひげを生やして仮装させ、村越克彦と思わせても、遠からず替玉だとわかってしまうということだよ」

「それを、私もお二人にききたいと思っていたんです」

吉牟田刑事は、いくらか急き込んだ調子でいった。

「一時的に、村越克彦と思わせることは出来ても、警察が調べれば、すぐニセモノとわかりますからね。犯人は、そのところをどう考えていたんでしょうか。どうもそこのところがわからんのですが」

「勿論、犯人も、替玉が効果のあるのは一時的なものだと知っていた筈だよ。つまり、そこが、犯人を村越克彦と限定できない理由になってもいるのだ」

エラリーの言葉に、吉牟田刑事は、またくびをかしげてしまった。

「その、そこがというのを、詳しく説明して頂けませんか？」

「別に説明するまでもないと思うんだが」

エラリーは、ブライヤーのパイプを取り出し、おもむろに口にくわえた。

「犯人が村越克彦だとしよう。彼が替玉を作って殺す目的は一つしか考えられない。自分が死んだと見せかけて、三億円を完全に自分のものにすることだ。だが、替玉がバレずにすむのは、短い時間だけだともわかる筈だよ。バレてしまえば、一番疑われるのは自分だということも知っていたと思う。三億円強奪の他に、殺人罪まで背負って追い廻される道を果して選ぶだろうか？」

「しかし、村越克彦以外の人間が、彼の替玉を作って殺すというのも不自然な気がしますが？　第一、動機がわからない――」

「確かにそうだ。だから、こう考えたらどうだろう。村越克彦は、パーティで、マジックの男から名刺か何かを貰っていたとする。そのあと、村越は、ミスター・サトウからオモチャの一億円札三枚という多少悪趣味なプレゼントを貰った。村越克彦は、きっと、ぎょッとした筈だ。偶然のイタズラと考えるだけの余裕はなかったと思う。だから、逃げようと考えたとしても不思議はない。逃げるための時間かせぎに替玉を考えるのも肯けることだと思う。そして、パーティであったマジッシャンを思い出した。マジッシャンを思い出したから、替玉を考えたかも知れない。とにかく、金儲けの話があるからと呼びつけて、替玉を頼んだ。たいして売れていそうもない芸人だったから、大金を積めば、簡単に引き受けたと思う」

「大金というのは、例えば百万円ということですか？」

吉牟田刑事が、金城ゆり子と一緒に発見された百万円の札束を思い出しながらきくと、エラリーは、わが意を得たというように、ニッコリした。

「流石は、日本の警察の方だけあって、鋭い見方だ。あの金が、その謝礼だとすると、百万円だけが別になっていた理由がつくからね」

「すると犯人は、替玉と知らずに、村越克彦だと思って殺したということですか？」

「ということも考えられるということだよ。だから、犯人は、村越克彦と限定できないと、僕は、いいたいのだ」

「そうなると、本物の村越克彦は、一体何処に消えてしまったんです？」

「さあ、何処だろうねえ」

エラリーは、また呆けたような顔つきになってしまった。

6

ニュー・シブヤマンションに戻るパトカーの中で、吉牟田刑事は、腕組みをし、難しい顔つきだった。

「ミスター・クイーンの考えをどう思います？」

と、吉牟田刑事は、小声で明智小五郎にきいた。エラリーは、窓の外の東京の街を、興味深そうに眺めている。街は、もう年末の気配だ。

「どうというと？」

明智は、妙におどけたような表情で、吉牟田刑事を見た。

「ミスター・クイーンの話を聞いていたら、ますます頭が混乱してしまったのですよ」

吉牟田刑事が、小さな溜息をつくと、明智は、クスクス忍び笑いをして、

「しかし、君は、ずい分感心して聞いていたようだったがね」

「聞いている時は、成程と思ったんです。しかし、後で考えてみると、ミスター・クイーンの推理には、どうも傷があるような気がするんですよ」

「それなら、直接きいてみたらどうだね？」

「しかし、相手は世界的な名探偵ですからねえ。ミスを指摘するようなことは、どうも具合が悪くて――」

「君らしくないことをいうじゃないか。一体どんなミスを、慧眼な君は発見したというんだね？」

明智は、面白そうにいう。吉牟田刑事は、一層声を小さくして、

「例えば、村越克彦が、パーティのあとで、あわてて芸人に身代りを頼んだとするとですね。当然、電話をかけたんでしょうし、あの部屋でいろいろと打合せをしたと思うんです。ところが、盗聴テープを聞くと、それらしいことは、全然録音されていなかったのですよ」

「だから、推理にミスがあるといいたいわけか」

「違いますか？」

「それは、こう考えたらいいんじゃないか。人間、内緒ごとをする時は、大っぴらにはやらん。煙幕を張っておいて、そのかげに隠れてやるものだよ」

「どうも、そういう例え話は苦手なんですがね」

「あの部屋には確かステレオがあった。レコードのボリュームを一杯に上げておいて電話をかけ、身代りの相談をしたのかも知れんじゃないか。どうだね？」

「ああ。そういえば、やたらにゴーゴーのレコードがテープに入っていました。しかし——」

「しかし、何だね」

「最後に、村越克彦が、『ゆり子か？』とききながら、『うわッ』と悲鳴をあげるのもテープに入っているんです。あれは、どうなるんですかねえ？」

「解釈は簡単だよ。村越は、身代りを頼む時、当然、金城ゆり子のことも相手に話したに違いない。今、ロビーで寝ているが、そのうちに部屋に戻ってくるだろうとね。だから、誰かが入って来た時、替玉は『ゆり子か？』といった。自分を本物らしく見せるためだろう。その時、恐らく替玉は、相手の顔を見ないようにしていたと思うね。何故なら、それがニセモノの心配だからだ。だが、犯人にとっては、非常に無防備な姿勢で、刺しやすかっただろうね」

「成程。納得はいきますが、しかし――」

「また、しかしかね？」

「あれは確かに村越克彦の声だったとみんながいっていましたが？」

「君は、聞いたことがないんだろう？」

「勿論です。殺人事件のあとで、われわれは来たんですから」

「村越の声はあまり特徴がない。それにテープを聞く時、みんなが、これは村越克彦なのだと頭から決めてかかっていた筈だ。もう一つ、替玉の男は芸人だった。少しは声の演技力もあるだろう。この三つが重なり合って、村越克彦だと思ったんじゃないかね」

「そういうことかも知れませんが――」

「あまり納得したような表情じゃないね」

「いや、納得しましたが、納得したら別の新しい疑問が生れて来ました」

「ほう」

「明智先生は、ミスター・クイーンの考えに賛成なんですか？」

「それが新しい疑問かね？」

明智は、ちらりとエラリーの方を見てから、弱ったなというように、モジャモジャ

頭に手をやった。そのまま、暫く考え込んでいたが、口元に微笑を広げると、

「正直な答が必要かね？」

「勿論です」

「じゃあ、こんないい方をしたらいいかも知れないな。ひょっとすると、ミスター・クイーン自身、さっきの彼の推理を信じていないかも知れない――」

「何ですって？」

思わず大声でいってしまい、吉牟田刑事は、あわてて自分の口を手で押えた。エラリーが何事だというように、吉牟田刑事の顔を見た。明智は、ニヤニヤ笑っている。

吉牟田刑事は、眉をしかめて、車の天井を睨んだ。

明智小五郎が、冗談《ジョーク》をいったとは思えなかった。いやしくも殺人事件なのだ。詰らない冗談をいう筈がない。

それに、明智は、洞察力に秀れている。恐らく、エラリーの言葉を吉牟田刑事に通訳している間に、エラリー自身が、自分の推理に疑問を持っているらしいことに気がついたのだろう。

しかし、自分の推理に疑問を持つというのは、一体どういうことなのだろう？　他にも解釈の仕方があるということか、それならそれで、何故いってくれないのだろ

う。

(名探偵という奴は——)

と、吉牟田刑事がぶぜんとした表情になった時、車は、ニュー・シブヤマンションの前に着いていた。

7

殺されたのが村越克彦ではなく、替玉だったという知らせは、マンションに残っていた人たちを驚かせた。中でも、一番眼を丸くして見せたのは金城ゆり子だった。彼女は、吉牟田刑事の話を聞き終ると、「へえ」とか、「ふーん」とか、やたらに感嘆詞を連発し、最後に、

「じゃあ、彼が犯人なの?」

と、きいた。

「ね、そうなんでしょう? 彼が身代りを殺して逃げたんでしょう?」

それに決っているといいたげないい方だった。

神崎と三島も、金城ゆり子と同じように、村越克彦が犯人に違いないと、自分の考

えをいった。

佐藤大造にいたっては、もう完全に、村越克彦が犯人と決めてしまった顔で、

「何故、あれが替玉だと見抜けなかったのかな。われわれは、奴にまんまと一杯喰わされたんだ」

と、口惜しそうにいった。

吉牟田刑事は、彼等の口ぶりから、誰でも同じように考えるものだなと思ったが、イエスともノーとも自分の考えはいわなかった。

村越克彦が犯人とは限らないというエラリーの言葉のせいもあるが、彼自身が冷静に考えても、村越克彦犯人説では、上手く説明がつかないことがあるからである。

例えば、三億円の金のことだった。村越が、身の危険を感じて、替玉を殺して逃げたとして、どうして、肝心の三億円を燃やしてしまったのだろうか。その点だけでも、説明がつかなくなるのである。

エルキュール・ポワロとメグレは、替玉だったと吉牟田刑事から聞かされても、別に驚いた表情は見せなかった。予期していたから驚かなかったのか、驚いては名探偵の沽券にかかわるから、平静を装っているのか、吉牟田刑事には判断がつかなかった。どうも、名探偵の心理というのは読みにくい。

「問題は――」

と、吉牟田刑事は、皆の顔を見廻した。

「本物の村越克彦が、何処に消えたかということです」

「そんなことは、わかり切ってるじゃないか」

大造が、噛みつくようないい方をした。警察のモタモタぶりが見ていられないというような嶮《けわ》しい顔つきだった。

「逃げたのさ。このマンションには非常口がある。そこから逃げたんだ。われわれが、替玉とは知らずに、村越克彦が殺されたと信じ込んでいる間に、奴は、悠々と逃げてしまったんだ。今頃は、もう四国に行ってる頃だ」

「四国というのは？」

「村越の生れ故郷だよ。犯人というのは、たいてい故郷に逃げ戻るものだというじゃないか」

「四国の何処です？」

「確か徳島だ」

「徳島ですか――」

吉牟田刑事は、若い刑事に目くばせした。若い刑事は、肯いて部屋を出て行った。

徳島県警に連絡すれば、何かわかるかも知れない。

8

「これで、今度の事件も解決したようなものだな」

大造は、誰にともなくいった。

「もっとも、わたしは大損害だがね。三億円事件の解決に役立ちたいという最初の願いは、途中で挫折してしまうし、三億円は灰になってしまったんだからね」

「その責任は、あなた自身にもありますよ」

神崎五郎が、サングラスの顔を大造に向けて、いくらか皮肉ないい方をした。大造が、何だというように、神崎を睨んだ。だが、神崎は、口元に笑いを浮べて、

「パーティの時、あなたが変なプレゼントを村越克彦に贈ったから、彼はビクついてしまって、逃げたんですよ。あれがなければ、まだ村越は、ここにいたかも知れないし、モルモットを使って三億円事件の解決に貢献するという、あなたの高邁な考えも、中断せずにすんだと思いますがねえ」

「わたしの責任だというのかね？」

大造の顔が赧くなった。

「わたしが、君のためにいろいろとしてやっているということを忘れたんじゃないのか？」

「――――」

神崎は、黙ってそっぽを向いてしまった。

何となく、部屋の空気が重くなってしまったが、三島が遠慮がちに吉牟田刑事を見て、

「どうもわからないことがあるんですが――」

「何です？」

「僕も、犯人は村越克彦だと思ったんですが、もし、彼だとすると、少しおかしなことが出来てくることに気がついたんです」

「何故、逃げる時、三億円を持ち出さなかったかということですか？」

「それもありますが、僕が疑問に思ったのは、停電の時のことなんです」

「ほう」

「村越が犯人だとすると、あの時は、もう、彼はこのマンションから逃げ出しているわけですね？」

「そうだとすると、停電の時、癇癪玉を破裂させたり、金城ゆり子さんに麻酔薬を嗅がせたりしたのは、一体誰なんですか？」

「そうなりますね」

「そうだわ」

金城ゆり子が、すっとんきょうな声をあげた。

「あたしにあんなことをしたのは、一体誰なの？」

「さあ」

と、吉牟田刑事は、くびをかしげ、自分が答える代りに、四人の名探偵に視線を向けた。

「ムッシュー・ポワロ。あなたのお考えはいかがですか？」

吉牟田刑事は、卵形の頭に眼をやってきいた。エラリーと明智は、どうやら村越克彦犯人説に疑問を持っているらしいのがわかっていたから、他の探偵の意見を聞きたかったのである。

ポワロは、三島から通訳されると、「なかなか面白くなって来ましたな」と、満足そうに微笑した。

「この事件には、常に矛盾した要素があるのです。それが、この事件の特徴です。そこがまた面白い。今ムッシュー・ミシマが提起した疑問点も、この事件の特徴があらわれたと見ていいでしょう。犯人は、三億円強奪が目的だったと思われるのに、その大金を惜しげもなく灰にしてしまった。これが第一の矛盾です。そして、殺されたのは替玉と判明した。これが第二の矛盾です。何故なら、替玉の効果は一時的なものだからです。殺しても、効果が一時的であることに変りはありません。いや、むしろ、金を与えて、それらしく演技させておいた方が効果はある。にも拘らず犯人は殺した。それも、自殺らしく見せるという努力もせずにです。これは説明のつかぬ行為です。ムッシュー・ミシマの指摘した疑問は、この第二の矛盾から生れたものといっていいでしょう。確かに、犯人が村越克彦とすれば、停電の時の出来事の説明がつかなくなる。だが、このエルキュール・ポワロが断言しますが、こうしたいくつかの矛盾の中に、事件の謎が隠されているし、犯人も隠されているのです」

相変らず、ポワロの言葉は、吉牟田刑事には妙に抽象的で、漠然としているように聞こえてならなかった。

「ムッシュー・メグレ。あなたの意見を聞かせて貰えませんか？」

吉牟田刑事は、視線を、メグレに移した。メグレは大きな身体を、ソファに埋めるようにして、パイプをもてあそんでいたが、例の大造からの贈り物の火縄式ライター

で火をつけてから、

「私は、ありのままを、素直に受け入れることにしているのです」

と、押えた声でいった。エラリーやポワロの仰々しいいい方はすまいと努めているようにも見えた。

「確かに、ムッシュー・ポワロのいわれるように、矛盾したことの多い事件です。しかし、私は、それを矛盾だとは見ないのです。何故なら、事件の真相はただ一つで、二つも三つもある筈がないからです。矛盾して見えるのは、本当に矛盾しているのではなくて、われわれの考えに誤りがあるのです。ですから、村越克彦を犯人と考えると、停電の時の説明がつかないということは、村越を犯人と考えるのが間違っているか、停電の時の出来事が無意味なものか、のいずれかでしかありません」

「あなたは、どちらとお考えなんですか？」

「正直にいいますと、それを今、考えているところなのですよ」

と、メグレは笑った。

9

その日の中に、替玉になった男の身元が割れた。

名前は、渡辺孝二。二十六歳。年齢が村越克彦と同じなのは、恐らく偶然だろうと、吉牟田刑事は思った。マジッシャンの組合に加入していたが、クラスからいえば下の方で、金には困っていたという。身代りを引き受ける下地はあったということである。パーティに呼ばれて来たのが不運ということだろうか。解剖で、血液型はＡＢ型とわかったが、村越克彦はＢ型だから、いずれにしろ、替玉だということはわかったことになる。

吉牟田刑事は、新聞記者に対しては、わざと、犯人は村越克彦と匂わせるような発言をして見せた。

その効果があらわれたのは、三日後だった。

警視庁捜査一課あてに、村越克彦から手紙が届いたのである。

その手紙は、吉牟田刑事の手元に廻されてきた。

ありふれた白い封筒で、表には、癖のある字で、「警視庁捜査一課長殿」と書かれていた。

裏を返すと、住所はなく、「村越克彦」とだけ記してあった。

速達である。消印は徳島で、消印の日付は、十二月二十六日になっていた。

吉牟田刑事は、慎重な手つきで中の便箋を取り出した。便箋は五枚で、それに細かい字が、びっしり書き込んであった。

〈私は、今、徳島でこの手紙を書いています。こんな手紙を出せば自分が危険なことは百も承知しています。

しかし、出さずにはいられなかったのです。

私は、確かに三億円という大金を奪いました。しかし、私がやったのはそれだけです。しかも、新聞を読んだら、私はモルモットにされていたのだというではありませんか。それなら、私の罪は、もっと軽い筈です。

しかし、私が、この手紙を書く気になったのは、新聞に村越克彦が刺されて殺されたと出ていたからです。

あれは、私ではありません。私が傭った替玉です。替玉だということは、きっと、すぐわかってしまうでしょう。そうなったら、私が犯人扱いされるのは眼に見えています。殺人犯にされるなんて、まっ平です。だから、この手紙を書いたのです。

何もかも正直に最初から書きます。これから書くことは、全部真実です。

私は、府中で、佐藤大造さんから三億円を奪いました。勿論、自分が利用されているとは知らずにです。監視されていることも知りませんでした。

私は、その金で、マンションを買い、スポーツ・カーを買い、金城ゆり子というカワイイ娘と知り合いました。それが夢だったからです。何もかも上手くいっているような気がしていました。新聞を見ると、警察は、見当違いのところを探しているようでしたから、捕まらないだろうと、タカをくくっていたのです。

ところが、クリスマス・イヴのパーティで、私は、ぎょッとする目にあってしまったのです。何気なく贈り物をひらいたら、そこに、オモチャの一億円札が三枚入っていたのです。私には、偶然のイタズラとは、どうしても思えませんでした。私は怯えてしまいました。

私は、逃げなければならないと思いました。しかし、三億円のオモチャの贈り主は、私が、強奪犯人と知っているに違いない。ただ、逃げ出したのでは、すぐ捕ってしまうだろう。高飛びするだけの時間が欲しい。そう考えて、替玉を作ったのです。

パーティで余興をやったマジッシャンからは、名刺を貰っていました。背恰好も同じくらいだし、年齢も同じくらいだから、フロックコートを着せ、顔一杯のつけ髭をつけさせれば、何とか私らしく見えるだろうと考えたのです。

金を弾むというと、彼はすぐ駈けつけて来ました。私は、今一緒にいる女から逃げたいから、暫く私になりすましていてくれと頼みました。彼女はどうせ酔っているから、暫くはニセモノと気がつくまいと思ったのです。

私は、身代りの礼として、五百万円渡しました。多過ぎるとは思いましたが、私としては、どうしても相手に承知して貰いたかったからです。私は、それから、非常口を利用してマンションを抜け出しました。折角買ったスポーツ・カーを利用しなかったのは、私はマンションに残っていると思わせるためです。私のしたことは、それだけです。

三億円のことを忘れていました。新聞を読むと、全部焼けて灰になってしまったと書いてありました。あれを読んで、一番驚いたのは、私です。

私は、逃げ出すとき、三億円（正確にいえば、二億六千万円）も、持って行きたいと思いました。しかし、トランクに三つもの量を担いで逃げるわけにはいきません。と、トランク一つだって、夜中に持ち歩いていたら怪しまれてしまうと思いました。それでなくていって、金庫にそのまま入れておけば、簡単に見つかってしまいます。それでなくてさえ、金城ゆり子が、金庫の中身を知りたがっていたんですから。外へ持ち出して埋めたり隠したりする時間もありませんでした。それで窮余の一策として、三億円を麻袋に入れて、ダスター・シュートに放り込んだのです。勿論、私は、ダスター・シュートが焼却炉につながっているなどとは考えてもみませんでした。私は、ダスター・シュートの下には、大きなゴミの箱があって、投げ込まれたゴミはそこに集るのだと思っていたのです。麻袋がゴミの山の中にかくれて、暫くは発見されまいと考えたのです。一時、遠くへ身を隠してから、チャンスを見て、戻って、ゴミの山の中から取り返そうと考えたのです。それが全部灰になってしまうなんて、あの記事を読んでポカンとしてしまいました。

私が、徳島へ持って逃げたのは百万円だけです。

何度も書きますが、私は殺人なんかやっていません。奪った三億円も、マンションとスポーツ・カーは置いて来たし、二億六千万円は、ダスター・シュートに放り込んで来たのです。燃えて灰になったのは偶然で私の責任じゃありません。ですから、私が本当に盗んだのは、百万円だけです。それに、私はモルモットにされたのですから、加害者というより被害者です。それをわかって頂きたいと思って、この手紙を書いたのです。もし、真犯人が逮捕されたら、自首するかも知れません〉

10

吉牟田刑事は、この手紙を、関係者全員に披露した。エラリーたち三人の外国人探偵には、三島と明智小五郎に翻訳して聞かせて貰った。

「これで何もかもわかったじゃありませんか」

と、吉牟田刑事は、いってしまってから、少し大袈裟だったと気付いて、

「少くとも、最大の謎だった三億円のことがこの手紙で、解明されたと思うのですよ。ダスター・シュートが、焼却炉につながっていると知らずに、隠すために放り込んだというのは、この通りだと思うのです。何故なら、この他に、上手い説明の仕方が考えられないからです。私自身、何故こんな簡単なことに思い到らなかったかと、反省しているくらいです。それと、マジッシャンを買収するのに五百万円を与えたというのも、事実と考えていいと思います。これを事実と考えないと、金城ゆり子さんが倒れていたところに、百万円が落ちていた理由が、説明しにくくなりますからね。あの百万は五百万の中の一部です」

「すると、君は、渡辺とかいう芸人を殺した犯人は、別にいるというのかね?」

大造が、難しい顔できいた。その顔つきから見て、別に犯人がいるという考えには反対らしかった。

「その通りです」

と、吉牟田刑事は、大きく肯いて見せた。村越克彦の手紙を見てから、吉牟田刑事は、眼の前にあった壁の一角が崩れたような気持になっていた。三億円が灰になった理由がわかっただけでも、大収穫だと思っていた。エルキュール・ポワロは、この事件には矛盾が多いといったが、最大の矛盾は、三億円が焼き捨てられたことだったが、その矛盾が解消したのである。あとはもう楽だという気があり、それが、吉牟田刑事の顔を明るくしていた。

「村越は、替玉を作って逃げた。それを知らなかった犯人が、その替玉を村越と思って殺して、三億円を奪おうとしたと、私は考えています。ところが、殺したあとで金庫を調べると、三億円は消えてしまっていて、五百万円しか残っていなかった。犯人は仕方なしに、その五百万円を奪った。そうしたら、われわれ警察が全部の部屋を調べると告げたのです。犯人は、あわてたに違いありません。五百万円は、三億円に比べれば少額ですが、常識でいえば大金の部類に入ります。当然、入手先が問題になります。犯人は、狼狽した。丁度その時、停電になったのです。犯人は、たまたま持っていた癇癪玉二つを暗闇の中で破裂させて、混乱させ、そのスキに金城ゆり子さんに罪をかぶせようとして、五百万の中の百万円を、気絶させた彼女の傍に転しておいたのだと思います。あとの四百万円は、きっと何処か安全なところに隠してしまったのだと思います」

吉牟田刑事は、わざと、金城ゆり子が一人芝居した可能性については触れなかった。

吉牟田刑事は、喋り終ると、四人の名探偵の顔色を窺った。三億円焼却という最大の謎が解けたのだから、名探偵たちも、さぞほッとしただろうと思ったのだが、四人とも、ほとんど表情を変えていなかった。どうも名探偵の顔色は読みにくい。

「日本の郵便制度について、一つ質問をしたいのだが」

とエルキュール・ポワロが、吉牟田刑事を見た。

「どんなことでしょうか？」

「手紙を東京で投函して、地方から届いたように見せかけることは不可能ですかな？」

「成程。面白い質問です」

と、吉牟田刑事は、微笑した。

「実は、私も、村越克彦の手紙を読んだとき、同じことを考えました。東京にいるのに、徳島にいるように見せかけたということは、十分に考えられますからね。例えば、東京で投函しても、受取人の住所なり名前をでたらめに書いておけば、グルグル回って、宛先不明で差出人のところに戻ってきます。これをトリックに使った事件もありました。しかし、この方法は、差出人が犯人でないと使えません。第一、東京から出せば、どうしても東京の消印がついてしまいます。さて、この村越克彦の手紙ですが、消印は、徳島の郵便局になっています。消印はそれだけです。どう考えても、この手紙は、徳島の市内で投函されたものです」

「筆跡はどうかな」

と、きいたのは、エラリー・クイーンだった。エラリーは、落着き払って、ブライヤーのパイプをもてあそんでいた。シルクハットから替玉をピタリと当てたので、気分をよくしているのかも知れない。

「村越克彦の筆跡に間違いないのかね？」

「まず間違いないと思います。勿論、専門家の筆跡鑑定はして貰いますが、素人眼で見ても、同一人の筆跡ですから」

「すると、やはり村越克彦は、徳島に逃げたということになるのかねえ」

明智小五郎が、くびをかしげながら、呟くようないい方をした。そのいい方には、どうも信じられないというひびきがあった。

「当然でしょう」

と、吉牟田刑事は、明智にいった。

明智は、モジャモジャ頭に指を突っ込んだ。

「どうもわからんなあ」

「何がです？　明智先生」

「別に何がということはないんだが、僕は、村越克彦が東京を離れていないような気がしたものだからね」

「名探偵の勘も、時には狂うものですよ。この手紙は、明らかに徳島で投函されたものです。ということは、村越克彦が徳島に逃げたということですよ。彼に共犯者がいて、そいつが、わざわざ徳島に行って投函したとすれば別ですが」

「それは考えなくていいだろう」

と、明智は、あっさりといった。共犯者がいないのなら、村越克彦は、徳島に逃げたとしか考えられないではないかと、吉牟田刑事は、まだ不審そうな表情をしている明智を、わからないなという眼で眺めた。吉牟田刑事には、明智の気持がわからなかった。何故、変な勘みたいなものに拘わるのだろうか。今どきは、警察の古手でも、科学捜査を尊重する。

11

「ムッシュー・メグレ。あなたは、この手紙のことで何か質問はありませんか？」

吉牟田刑事が、メグレの大きな身体に視線を向けると、メグレは、一瞬困ったような顔で、口元に苦笑をもらした。

「私は、その手紙には別に疑問はありませんが、ムッシュー・サトウに、一寸ききたいことがあるんですがね」

「わたしに？」

大造は、びっくりしたように、眼を大きくして、メグレを見た。

「一体、どんなことです？」

「大したことじゃありません。失礼ですが、ムッシュー・サトウは、おいくつです？」

「六十二歳です。それが何か――」

「お元気ですね？」

「身体には自信があります。あと二十年くらいは生きるつもりでいますよ」

あッははと、大造は、大きな声で笑った。

「他には？　どんなことでも、お答えしますよ」

「いや。これだけで結構です」

メグレは、あっさりと質問をやめてしまった。大造は、これから本格的な質問が始まると思っていたらしく、拍子抜けした顔で、キョトンとしている。吉牟田刑事にも、メグレが、何故、あんな詰らないことを大造に質問したのか、わからなかった。大造の健康状態など、今度の事件に関係ないではないか。いきなり、何か質問はありませんかといわれて、仕方なしに、あたりさわりのない質問をしたとしか思われなかった。

（名探偵といわれた人たちでも、やはり、年をとると、頭の働きが鈍くなるのだろうか）

と、吉牟田刑事は、失礼なことまで頭の中で考えたりした。とにかく、四人とも、もう老人なのだ。騏驎《きりん》も老ゆれば駑馬《どば》に等しいという諺もある。

どうも、今度の事件では、世界的な名探偵といわれる人たちの頭も、あまり冴えないようだ。

エラリー・クイーンが、シルクハットが失くなっていることから、殺されたのが替玉だろうと推理したのは流石だと思ったが、四人が四人とも三億円が灰になっているのを見抜けなかったり、ニセ札だと考えたりしていたのは、どうも頂けない。

「ところで、犯人は一体、誰なのかね？」

大造が、厳しい眼で、吉牟田刑事を見た。

「その手紙が正しいとして、村越克彦が殺人はしていないとしても、誰かが、替玉を殺したことは事実だろう？　その犯人は、一体誰なのかね？」

「犯人は、この中にいます」

吉牟田刑事は、皆の顔をジロリと見廻した。

「そんなことは、わかっているよ」

大造は、ニコリともしないでいった。

「問題は、この中の誰が犯人かということだ。それを早く解決してくれんと、いつまでも不安でならんじゃないか」

「犯人は、間もなくわかります」

「本当かね？」

「この手紙によれば、村越克彦が身代りの渡辺孝二に渡したのは五百万です。とすれば、犯人は、替玉を殺して五百万を手に入れたわけです。その中、百万円をトリックに使ったのですから、犯人はまだ四百万を持っていることになります。つまり、四百万円の金を持っている人間が、犯人というわけです」

「しかし、五階の部屋全部を調べても、何も出て来なかったんじゃないのかね?」

「そうです。恐らく、あの時は、巧妙に隠されていたので見つからなかったのだと思います」

「それなら何故、犯人は、五百万全部を、その巧妙な隠し場所に隠しておかなかったのかね?」

「それは、こうだと思うのです。犯人は、五百万を手に入れたとき、四百万を隠して、取りあえず百万円だけをポケットに入れたんだと思います。買いたいものでもあったのかも知れません」

「それで、四百万は、何処にあるのかね? わたしとしては、少しでも回収したいからね」

「今はわかりませんが、必ず見つけ出します」

吉牟田刑事が、強い声でいったとき、明智小五郎が、「僕が、その場所を知っているよ」と、ゆっくりした声でいった。

「本当ですか？」

吉牟田刑事が、驚いて、明智の顔を見ると、皆の眼も、一斉に明智に注がれた。

「本当だ」

「じゃあ、どうしてもっと早く教えて下さらなかったんです？」

「三億円が灰になってしまって、四百万という金が、まだ何処かに隠されているとは考えなかったからね」

「それで、何処にあるんです？」

「椅子の中だよ」

「何処の椅子です？」

「勿論、殺人のあった部屋の椅子だよ。椅子が一つ妙な位置に置いてあったのを覚えていないかね。恐らく、犯人は、犯行直後にあの椅子の中に金を隠したのだ。そして、心覚えのために、その椅子だけを、ずらしておいたのだと思うね」

「そういえば、盗聴テープの中に、布を切り裂くような音が入っていました」

吉牟田刑事は、眼を輝かせた。ついさっきは、名探偵も老いたのではないかと、いささか不謹慎なことを考えたのだが、やはり、明智は鋭いところを見ていると感心した。

吉牟田刑事は、殺人事件のあった五〇六号室に飛び込んだ。すぐ後に若い鈴木刑事が続き、その後に皆が続く。五〇六号室は、犯行時の状態で保たれている。椅子は二つとも、外から眺めた限りでは、別に異状は認められなかった。

「引っくり返してみたまえ」

と、明智が、よく通る声でいった。

吉牟田刑事と鈴木刑事が、ずらされていた方の椅子に手をかけた。若い三島が、それに手を貸した。

椅子は引っくり返された。が、そこにも異状はない。神崎が、「これで――」と、吉牟田刑事にナイフを差し出した。吉牟田刑事は、そのナイフで、椅子を切り裂いた。皆の視線が、刑事の手元をのぞき込む。吉牟田刑事は、手を中に突込んで調べていたが、その顔に失望の色が浮んだ。

吉牟田刑事は、明智に向って、くびを横に振って見せた。

明智の端正な顔が、少し青ざめたように見えた

「隠し場所は、そこ以外にはあり得ないのだが――」

明智は、モジャモジャ頭に、右手の指を突込んで激しく掻きむしっていたが、やがて、

「そうか！」と、大きな声で叫んだ。

「何故、こんな簡単なことに気がつかなかったんだろう」

「何がわかったんですか？」

吉牟田刑事が、膝をついたままの恰好できく。明智は、ニッコリと笑って肯いた。

「一九一〇年代のアメリカに、アブナーというアマチュアの名探偵がいたんだが、彼がいいことをいっているんだ。その言葉を思い出したんだ。彼はこういっている。『普通の犯人は犯行の証拠を一つも残すまいとする。それより利口な犯人はワラ人形を自分の戸口に立てる。さらに一層かしこい犯人はワラ人形を他人の戸口に立てる』とね。ワラ人形というのは、勿論、ニセの証拠ということだ」

「それが、この事件とどういう関係があるんです？」

「普通の犯人なら、僕が考えたように、金を椅子に隠して、心覚えのためにその椅子をずらしておく筈だ。だが、犯人はもう少し利口だったのだ。犯人は、椅子をずらしておけば、僕がそう考えると読んだのさ。いわば、このずらした椅子は、アブナーのいうワラ人形なのだ」

「じゃあ、四百万円は、何処にあるんです？」

「決っている。もう一つの椅子の方だ」

「しかし、そっちの椅子には、死体が腰かけていたんですよ」

「それが一種のトリックだったんだ。刺された時、被害者は床に倒れた筈なのに、犯人は、わざわざ、椅子に引きずり上げている。何故そんなことをしたのかわからなかったが、今、やっとわかったよ。犯人は死体をカモフラージュに使ったんだ。死体が腰を下している椅子だと、何となく敬遠する。その心理を利用したのだよ。だが、僕は欺されん。そちらの椅子には、必ず四百万円が隠されている筈だ」

明智は、自信に満ちた顔で、もう一つの椅子を指さした。

吉牟田刑事たちが、その椅子に手をかけて引っくり返した。吉牟田刑事は、手に神崎から渡されたナイフを持っていたが、それを使う必要はなかった。底のところに、切り裂いたところがあったからである。そこから手を突込んだ吉牟田刑事は、「あった！」と大声をあげた。

百万円の札束四つが、床に転がり出た。

12

二日後に、問題の手紙の筆跡鑑定の結果が出た。吉牟田刑事が予期したとおり、村越克彦の筆跡に間違いないというものだった。だが、徳島県警から、村越克彦を見つけたという報告は届かなかった。上手く逃げ廻ったのだろう。

この二日間に、四人の名探偵のとった行動は、吉牟田刑事には一寸理解しかねるものだった。何か意味があるのだろうが、その意味が、吉牟田刑事には推測しかねたのである。

エラリー・クイーンは、中央郵便局へ出かけた。同行した三島の話によると、エラリーは、集配業務を参観させて欲しいと頼み、一時間ばかり、黙って、局員たちの仕事ぶりを眺めていただけだという。ニュー・シブヤマンションに戻って来たとき、エラリーは、満足そうにニコニコしていたから、何か摑んだに違いないのだが、三島の話の限りでは、吉牟田刑事には、何かが摑めるような見学ぶりには思えなかった。

エルキュール・ポワロは、一人で東京の街に出かけて行った。寒がりのポワロは、例によって、厚手のオーバーを着、マフラーで耳の上まですっぽり包み、見えるところといえば鼻の先とピンとはね上った口ひげだけという完全武装だった。吉牟田刑事が、ひそかに尾行させてみると、ポワロは、最初に、秋葉原の電機商店街に出かけ、そこで、あれこれ日本の電気製品を物色したという。日本のトランジスタ・ラジオでも土産に買おうと思ったのかも知れないが、結局、何も買わなかった。次に足を向けたのは、銀座のデパートだった。

「デパートに入ると、いきなり下着売場に行ったのには驚きました」

と、尾行した若い刑事が、吉牟田刑事に苦笑しながら報告した。

「最初は、男の下着やパジャマを見て、それから女の下着売場に行きました。ひどく熱心で、二時間近く見ていましたが、結局、何も買いませんでした」

マンションに戻って来たとき、ポワロも、エラリー・クイーンと同じように、満足気な顔をしていた。

メグレの行動は、もっとも不可解だった。彼は、東京見物がしたいといい、神崎五郎を案内役に出かけて行った。

朝早く出かけ、帰って来たのは夕方だったが、神崎が吉牟田刑事に語ったところによると、文字どおり完全な東京見物だったという。宮城、靖国神社、銀座、霞が関ビルといった、いわゆる名所歩きで、「疲れましたよ」と、神崎は、吉牟田刑事に向って苦笑して見せた。

帰って来たとき、メグレは、エラリーやポワロのように笑ってはいなかった。むしろ、疲れ切った表情だった。

明智は、何もしないで二日間を過ごした。

「ミスター・クイーンたちは、盛んに出歩いて、いろいろと調べているようですよ」

と、吉牟田刑事が、けしかけるようにいうと、明智は、のんびりとロビーの椅子にもたれながら、

「だから、僕は、こうしてじッとしているんだよ」

「おっしゃる意味が、よく呑み込めませんが――？」

「僕とあの三人の間には、ハンディキャップがある。日本で起きた事件だからね。今、彼等は、一生懸命に、そのハンディキャップを埋めようとしている。その時、僕は、じッとしているのがフェアプレイじゃないかね」

「じゃあ、先生には、あの三人が、何のために出歩いているか、わかっているんですか？」

「勿論だよ。つまり、今いったように、日本と日本人を理解しようとしているんだ。もし、今度の事件が、彼等の母国で起ったとしたら、この二日間の行動は必要なかっ

た筈だ」

「しかし、デパートの下着売場の見物が、事件の解決に役立つとは思えませんが?」

「果してそうかね?」

明智は、例の意地の悪い目つきになって、吉牟田刑事の顔を、ジロジロと見た。

読者への挑戦

(この欄は、エラリー・クイーン氏の要望によって、特に設けたものである)

私は、最初に手がけた「ローマ帽子の謎」(The Roman Hat Mystery) 事件以来、読者の英知に挑戦するのを例としてきた。日本で遭遇した今度の事件についても、私はこの慣例を破りたくはない。従って、私は、この段階で日本の読者に挑戦したいと考える。

推理小説の愛好者の間には、盲目的直覚の力を借りて、犯人を当てようと努力する傾向がある。特に直感力に秀れた日本の読者が、その武器に固執する余り、論理的解決を放棄することを恐れる。それ故私は、この段階で、読者は犯人発見に必要ないっさいの事実を全面的に知らされており、与えられたデータに、厳正な論理と推理を適用することによって、単なる臆測でなく、犯人の正体と事件の謎を解明し得ることを保証しておきたい。

なお、私は最後の段階で、中央郵便局を見学したが、その際に得た知識は、日本の読者が普通に持っている郵便知識と大差ないものであることを、申し添えておく。

立派な推理を示されて、論理的な面でも日本人が偉大な国民であることを証明して頂きたい。幸運を祈る。

エラリー・クイーン

私は、「読者への挑戦」と称するいかにもアメリカ人的な儀式は、どうしても好きになれない。これは、一見フェアプレイを標榜しているかの如く見えながら、実際には、自己の偉大さを殊更に強調せんがための芝居にしか過ぎないのではないかとさえ、私は思う。歴史が古く、謙虚さが美徳であることを知っているわれわれヨーロッパ人や日本人には、解しかねる心理である。従って、このエルキュール・ポワロは、数々の難事件を解決しながら、一度として、かかる芝居がかった真似をしたことはない。

ただ、この時点で、事件解決の手がかりが揃ったというムッシュー・クイーンの言葉は事実である。私も、今度の事件が解決し得たと確信している。

エルキュール・ポワロ

　私は、今、自分が疲れ切っているのを感じている。ムッシュー・クイーンのように、「読者へ挑戦」する気にもなれないし、ムッシュー・ポワロのように、それに反撥する気にもなれない。

　私は、いつもそうなのだ。ひとつの獲物を猛烈な勢で追いかけ、どうやら手元まで近づけると、必ず気抜けして、ぐったりとしてしまう。パリ警察を辞めた今も、この感情だけは、私自身にも制禦できない。

　何故だろうかと、考えたこともある。恐らく、人間を追いつめるという行為自体の中に、何か不自然なものがあり、そのための後めたさが、絶えず私につきまとって離れないからだろうと思う。相手は悪人であるにしても人間である。人間を狩りたてる行為が崇高である筈がない。そして、私は、犯人の多くが悪人と呼ぶより、弱い人間と呼ぶ方が適切であることも知っている。そのため、私は、パリ警察時代上司や同僚から、犯人に対して同情的すぎると批判されたことがあったが、自己の感情をそのために改めようと考えたことはなかった。日本の読者には、この感情は理解して頂けるものと思う。日本人もわれわれフランス人と同様に繊細な神経の持主と信じるからである。

メグレ

私は、三氏の意見に別につけ加えることはない。それぞれ、国民性なり人柄なりが出ていて面白かった。

それで、私は、老婆心ながら読者に一つだけ申し上げておきたい。

五〇六号室で殺人事件が起きた時点で、あの部屋は密室になっていた筈だ。それなのに世界的な名探偵が四人も揃っていながら、何故、密室について議論しないのかと、不審に思われたかも知れない読者にである。

簡単にいえば、あれは密室とはいえなかったから、私たちは議論しなかっただけのことである。

パーティのあと、金城ゆり子はロビーのソファで眠ってしまった。この段階で、村越なり、彼の替玉なりが、五〇六号室に鍵をかけてしまうことはあり得ない。従って、犯人は自由に部屋に入ることが出来た筈である。犯人は、殺人のあと、部屋にあった鍵で、ドアに施錠したものと考えられる。そして、死体発見の混乱にまぎれて、その鍵をテーブルの上に置いたに違いない。こうしたトリックは、あまりにも初歩的であり、現在では「密室」とは呼び得ない程度のものなのである。従って、私たち四人は、一言も言及しなかったのである。よって、読者は、「密室」にこだわる必要はない。

なお、ポワロ氏に、忘れておられるようだが、氏もまた一度だけ読者に挑戦されたことがあるのである。それは彼の友人ヘイスティングス大尉が、cause célèbre《コーズ・セレーブル》（大事件）と呼んだ「戦勝舞踊会事件」（The Affair at the Victory Ball）である。ポワロ氏でも、読者への挑戦という甘美な誘惑には打ち勝つことができぬという証拠であろうか。

明智小五郎

私は、かかる試みには絶対に賛成できない。いやしくも殺人事件である。もっと真面目に取り組んで頂きたい。

吉牟田晋吉
（日本警察を代表して）

終りよければ全てがいいか

1

恒例によって、全員が、殺人現場である五〇六号室に集められた。いや、これを恒例と考えたのは、エラリー、ポワロ、明智の三人で、メグレは、これから始まるタネ明しの儀式が、いくらか照れ臭さそうだった。

大造は、ゆったりと椅子に腰を下し、面白そうに四人の名探偵の顔を眺めている。三億円という大金を失った怒りを、今ばかりは忘れている顔つきだった。

神崎五郎は、相変らずサングラスをかけているので、その表情ははっきりしないが、身体を固くしているのが遠くからでもわかる。

三島は口をへの字に曲げて、天井を睨んでいる。彼の役目は、通訳だったが、この場に限って、明智が通訳もすることになっていた。三島もまた容疑者の一人だったから、エラリーたちの推理を、自分に都合よく翻訳する恐れがあったからである。そのことが、三島の表情を固くさせているのかも知れなかった。

金城ゆり子は、ひとりで派手な色彩を振り撒いている感じだった。この部屋を、ファッション・ショウの会場と間違えているのではないかと思うほど、ミニ姿でシャナリシャナリと歩き廻り、吉牟田刑事が注意すると、じゅうたんの上にペタリと座り込み、プカプカと煙草を吸い始めた。自分が犯人でないから平気でいるのか、それとも、虚勢を張っているのか、その一見無邪気に見える顔からは判断がつかない。

四人の名探偵は、お互に一寸顔を見合せ、牽制しあっているように見えた。吉牟田刑事が、見かねたように、ゆっくりと立ち上がると、

「まず、私が口火を切りましょう」

と、ジロリと、全員の顔を見廻した。

「ミスター・クイーンを始め四人の名探偵の方々は、現在の時点で、犯人を指摘することは可能だといわれた。私も、今、犯人を指摘することができます。そして、これから犯人を指摘します。四人の名探偵の方々は、もし私の推理が間違っていたら、その誤りを指摘して頂きたい」

吉牟田刑事の顔は、自信に満ちていた。その自信に圧倒されたのか、部屋全体が、しーんと静まり返ってしまった。

「明智先生は、よく、捜査の出発点は想像だよといわれる。しかし、現職の刑事である私たちには、想像によって事件を解決することは許されないのです。従って、私は、事実を重視するし、事実をそのままに受け取ることにしています。まず、村越克彦が、警視庁捜査一課長宛に寄越した手紙のことから始めます」

吉牟田刑事は、例の手紙を眼の前にかざして見せた。

「筆跡鑑定の結果、村越克彦の筆跡に間違いないと証明されました。従って、私は、この手紙は、村越克彦が書いたものと考えます。封筒及び便箋についていた指紋も、村越克彦のものです。また、徳島郵便局の消印もニセモノではありません。この手紙は、明らかに徳島で出されたものです。従って、村越克彦は、徳島に逃げたと考えるのが至当です」

吉牟田刑事は、言葉を切って、四人の探偵の顔を見た。エラリー・クイーンは、何やら日本の郵便制度のことを問題にしていたし、明智小五郎は、村越克彦が徳島に逃げたというのが信じられないような顔をしていたからである。だが、四人とも黙っていた。

「次は、手紙の内容です。この手紙には、三つのことが書いてあります。第一は三億円のことです。彼は焼却炉に運っていると知らずに、一時隠すつもりでダスター・シユートに投げ入れたと書いています。これは信じてよいと思います。というのは、これ以外に三億円もの大金が灰にされた理由の説明がつかないからです。第二は替玉の件です。被害者が村越克彦でないことは、ミスター・クイーンが慧眼によって見破られ、この手紙が、それを証明した形になりました。第三は五百万円のことです。これも、百万円が金城ゆり子さんと一緒に見つかり、残りの四百万円は椅子の中から発見されました。以上の三点は、全て手紙に書かれてある通りだったわけです。従って、私は、村越克彦が寄越したこの手紙には、事実が書かれていると判断しました」

吉牟田刑事は、また、四人の探偵に視線を向けた。が、誰も何もいわなかった。吉牟田刑事の話を、その通りだと考えて黙っているのか、反論する機会を待っているのかわからない。吉牟田刑事は、構わずに先を進めた。

「私は、以上の理由で、村越が替玉を殺さなかったという手紙の言葉を信じました。つまり、ここにいる誰かが、村越克彦だと思って、替玉の渡辺孝二という若いマジッシャンを殺したのです。では、一体誰が殺人犯なのか？　ここで考えておかなければならないのは、誰も替玉にすり替っていると知らなかったことです。そして、村越を殺せば、三億円という大金が手に入ると考えられていたことです。従って、ここにいる全ての人間に動機があることになります。三億円の出資者である佐藤大造氏も除外はできません。何故なら、不安になってきて、取り戻そうとして殺すことも考えられなくはないからです。さて、殺人が行われたのは、盗聴テープから、十二月二十五日の午前一時五十分と考えられます。この時間にアリバイをお持ちの方は一人もいない。このことは、私を困惑させせました。犯人の範囲をしぼることが出来ないからです」

吉牟田刑事は、小さく咳払いをした。ここまでは間違っていないという確信があった。

「さて、ここで、停電のことにも触れておかなければなりません。あの停電が偶然か仕組まれたものかは、今もって判断がつきません。私としては、ただ、その停電の間に何があったかを冷静に見るということだけです。停電の直後に、何者かが癇癪玉二発を破裂させせました。ここにおられる皆さんの中の誰かが、あんな子供だましをしたのです。子供だましですが、暗闇の中では威力がありました。混乱が始まり、明るくなったとき、ダスター・シュートの傍に、麻酔薬を嗅がされた金城ゆり子さんが倒れているのが発見されました。そして、彼女の身体の横に百万円の札束がありました。これは、何者かが、彼女に罪を着せようとしたとしか思えません。とすると、金城ゆり子さんだけは、容疑者の中から除外できるのか？」

吉牟田刑事は、金城ゆり子に眼をやった。彼女は、眼をキラリと光らせて、「当り前よ」と、叫んだ。「あたしは犯人なんかじゃないわ」

「私の答はノーです」

と、吉牟田刑事は、キッパリといった。

「理由は、金城ゆり子さんが、一人芝居をした可能性も考えられるからです。従って、彼女は、依然として容疑者の中に入れておかなければなりません。では、犯人を割り出す方法は一体どこにあるのか？　それは、殺人現場です。この部屋です。捜査の鉄則は、常に殺人現場に戻れということです。殺人は、この部屋で、二十五日の午前一時五十分に行われました。犯人は、何故この部屋で殺人を行ったのか？　私は、それが問題だと思うのです」

「それは、村越克彦、いや村越の替玉が、この部屋にいたからだろう」

大造が、簡単なことだというように、早口でいうと、吉牟田刑事は、ニヤッと笑った。

「では、貴方も、この部屋で人を殺しますか？」

「わたしが？　しかし、この部屋には——」

「そうです。この部屋には、盗聴マイクが取りつけられているのです。殺人を犯すには、この上なく危険な場所なのです。無言の中に全てを行わなければならない。もし、一言でも被害者が犯人の名前をいったら、それは隣室のテープに録音されてしまうのです。こんな危険な場所で、殺人を犯すでしょうか？　私なら、ごめんです。少しでも思慮のある人間なら、相手をこの部屋から連れ出して殺す筈です。だが、犯人はそうしなかった。時限爆弾を抱えたような状態で、犯人は殺人を犯したのです。何故か。理由は一つしか考えられません。犯人は、この部屋がそんな危険な場所だとは知らなかったのです。盗聴マイクが仕掛けられていることを知らなかったのです。佐藤大造氏、通訳役の三島さん、監視役の神崎さん、それから四人の探偵の皆さんは、盗聴マイクのことも、録音テープのことも知っておられたわけです。だが、村越克彦は知りませんでした。勿論、彼の替玉になった渡辺孝二も知りませんでした。そしてもう一人、知らなかった人があります。金城ゆり子さんです。この三人の中に犯人がいる筈です。村越克彦は徳島に逃げています。渡辺孝二は被害者ですから問題外です。残るのは、金城ゆり子さん一人だけです。つまり、彼女が犯人です」

2

「冗談じゃないわ！」

金城ゆり子は、立ち上がると、甲高い声で叫んだ。唇のあたりがピクピクふるえている。

「あたしは被害者よ。薬を嗅がされて、ダスター・シュートの前に転がされた被害者じゃないの。それを殺人犯人だなんて、刑事さんたら頭がどうかしてるんじゃないの？」

「しかし、君は、三億円の金が欲しかったんじゃないのか？」

「金庫の中に、そんなお金があったなんて知らなかったのよ」

「知らなかったと証明できるかね？」

「じゃあ、あたしが知っていたって証明できるの？」

売り言葉に買い言葉の形になってきた時、明智小五郎が、「吉牟田君」と、口をはさんだ。

「僕たちの意見をそろそろ聞いて貰いたいと思うのだがね」

「あなた方は、警察の考えに反対ですか？」

「それはわからんよ。われわれ四人の意見は必ずしも一致するとは限らないからね。だが、それぞれの考えを話し合っているうちに、犯人の像が浮び上ってくる筈だし、今度の事件の謎も自然に解けてくると思うのだ」

「じゃあ、始めて下さい。拝聴しますよ」

吉牟田刑事は、椅子に腰を下して、腕を組んだ。顔つきがやや不機嫌なのは、どうやら名探偵たちが、警察の考えに反対らしく思えたからである。

「僕が、まず話そう」

エラリー・クイーンが、ブライヤーのパイプをもてあそびながら口をひらいた。明智がそれを通訳する。エラリーは、パイプに火をつけた。マッチの燃えガラは、相変らず胸ポケットに滑り込む。

「ミスター・ヨシムダが、村越克彦の手紙から始めたので、僕も、まず手紙の件から始めたい。あの手紙ほど、いろいろな意味で興味のある手紙を読んだことはない。僕のいう意味は、巧妙に作られたということだが――」

「一寸待って下さい。ミスター・クイーン。あなたは、この手紙がインチキだとおっしゃるんですか？」

吉牟田刑事は、眼を剝いた。いきなり、横っ面をピシャリと殴られたような気がしたからである。ついさっき、吉牟田刑事が、この手紙には事実が書かれていると断定したことへの手ひどい反撥だった。

「ひとことでいえば、インチキということになるが、非常に面白い手紙でもある。犯人の頭の良さを証明しているからね」

「具体的に、どうインチキなのか話して頂けませんか？」

「まず、その手紙は、東京から出されたものだよ」

「それは不可能ですよ。ミスター・クイーン。日本の郵便制度では、東京で投函すれば東京の消印がつくんです。徳島の消印がついていれば、それは徳島で投函されたことを意味するんです」

「それは、アメリカでも同じことだよ」

エラリーは、柔らかく微笑した。自信に溢れた笑い方だった。明智が通訳しながら笑っているところをみると、彼も、あの手紙について、何かトリックを見破ったのかも知れない。だが、吉牟田刑事には、村越の手紙に何かのトリックがあるとは思えなかった。

「僕は、東京の中央郵便局を見てきた」

と、エラリーは、言葉を続けた。

「沢山の郵便物の中に、郵便局宛のものも何通かあった。内容は郵便への苦情だとか要望だということだった。中央郵便局だけでなく、他の郵便局にも同じような手紙は来ると思う。村越克彦は、恐らくこれを利用したのだよ。彼は徳島郵便局宛に手紙を出した。受け取った郵便局では、いつもの苦情か要望だろうと思って封を切ると、出てきたのは、ミスター・ヨシムダの持っているその手紙だった。表は、東京警視庁宛になっていて、切手も貼ってある。そして、恐らく村越は、事情があって直接警視庁に手紙を出せない。そちらから早く送ってくれといったようなことを書いた紙片を添えておいたのだと思う。徳島郵便局としては、切手も貼ってあるのだから、消印を押して東京に送るより仕方がなかったと思う。つまり、中から出た手紙が警視庁宛だったから、この小さなトリックは成功したのだと思う。僕のこの推理は間違っていないと思うね」

「もし、あなたのいう通りだとすると、どういうことになるんです？」

吉牟田刑事は、半信半疑の表情で、エラリーを見た。確かに、エラリーのいう通りの方法を使えば、東京にいて、徳島郵便局の消印のついた手紙を、警視庁宛に送ることが可能だろう。だが、徳島郵便局へ照会するまでは、事実かどうかわからないし、もし事実として、それが一体何を意味するのだろうか。

「まず、徳島へ照会して欲しいね。僕の考えは、そのあとで話したい。万一、手紙についての僕の推理が間違っているとすると、そのあとの推理にも亀裂が生じてしまうからね」

エラリーは、慎重ないい方をしたが、相変らず自信に満ちた眼であった。

吉牟田刑事は、鈴木刑事に照会を命じた。

その仕事がすむまでの間、部屋の中には、かなり重苦しい空気が立ちこめていた。金城ゆり子は、さっきから引きつったような顔をしているし、三島や神崎も身体を固くしている。悠然としているのは、四人の探偵と佐藤大造だけだった。

電話を掛け終って、鈴木刑事が戻ってきた。

「徳島郵便局では、確かにそういう手紙を受け取ったといっています。ミスター・クイーンの考えが正しかったんです」

若い刑事の言葉を、明智が通訳して伝えると、エラリーはニッコリと肯いた。

「何故、この手紙が東京から出されたものだと思われたんです？」

吉牟田刑事がきくと、エラリーは、パイプに新しく火をつけてから、

「その手紙で、村越は、徳島に来ていると強調しすぎている。僕はそのことにまず引

っ掛ったのだ。犯人というのは、洋の東西を問わず、自分の居所を隠したがるものだからね。しかも、村越は、まだ殺人容疑が消えているわけではない。それなのに、徳島にいることを書くというのは、心理的に不自然極まる。だから、僕は逆に考えたのだ。村越は徳島にはいないに違いない。まだ東京にいるのだとね」

「それで、手紙が東京から出されたものだとすると、どういうことになります？」

「警察は、その手紙の内容が真実であると断定した。しかし、村越が徳島へ行かなかったとなると、内容にも疑惑が持たれてくることになる」

「しかし、手紙に書かれてあることは全て事実ですよ。三億円のことも、替玉だったことも、五百万円のことも」

吉牟田刑事は、抗議するようにいった。エラリーが肯いた。

「確かにその通り。三億円は灰になり、死体は替玉であり、五百万円は発見された。全て事実だ。そこがまたその手紙の面白いところでもある。嘘で固めた手紙なら見破るのは容易だし、犯人も見えすいている。だが、その手紙のように、事実だけが書いてある場合は、犯人の意図を見破るのは容易ではないし、ミスター・ヨシムダのような老練な刑事さえ欺されてしまうことになる」

勿論、エラリーは皮肉でいったのではないだろうが、鼻眼鏡の奥から見られると、どうも皮肉に聞こえて、吉牟田刑事は鼻白んだ。

「Alors《アロール》(さて)、その手紙を書いた犯人の意図は何だろう？」

エラリーは、鼻眼鏡をとり、それを丁寧に拭いて、また掛け直した。

「事実を並べて、一つの嘘をかくすことだったとしか考えられない。これは、非常に巧妙なやり方だ。人間は、事実が三つも並んでいれば、その向うに大きな嘘が隠されているとは思わないからね。だが、僕は欺されなかった。僕は、何度も大きな事件にぶつかっている古狸だ。事実が並んでいると、かえって疑ってかかる癖がついてしまっている。それが犯人にとって不幸だったね」

「その犯人の意図というのは、一体何ですか？」

「決っている。犯人が徳島に逃げたのではなく、東京にいることを隠すことだよ。それを信じさせるために、手紙の中に、三つの事実を並べて見せたのだ。だから、犯人、村越克彦は東京にいることになる。もっと具体的ないい方をすれば、村越克彦は、このマンションにいるというべきだろう」

3

「このマンションにですか？」

吉牟田刑事が、思わず周囲を見廻すような眼になると、エルキュール・ポワロがクスクス笑って、

「ムッシュー・クイーンはわざと曖昧にいわれたが、代りに私がズバリといわせて貰えば、村越克彦は、この部屋の中にいる筈です」

「われわれのなかにですか？」

また吉牟田刑事は、キョロキョロと部屋の中を見廻した。他の者も顔を見合せる恰好になっている。

ポワロは、自分の言葉の与えた波紋を楽しむように、しばらく黙っていた。

「Une belle affaire《ユヌ・ベル・アフェール》（おもしろい事件です）」

と、ポワロは、皆の顔を見廻した。

「村越克彦とは一体何者でしょう？　私たちは、今、それを考える必要にせまられています。村越克彦は、一見今度の事件の主役のように思えます。三億円事件解決のた

めに選ばれたモルモットであり、奪った三億円を灰にした男であり、彼が替玉に使った人間は殺されました。正に、事件は村越克彦を中心に回転しているように見えます。しかし、冷静に考えると、私たちは、村越克彦について殆ど何も知らないことに気がつくのです。マドモアゼル・ユリコ以外に、彼と親しく話をした者はいません。モルモットに選ばれる前の彼の生活についても不明です。そして、彼は突然、私たちの前から消え失せてしまいました」

「いや、かなり具体的にわかっているんじゃありませんか。村越克彦の筆跡もわかっているし、指紋もとれています。だから、この手紙が、村越の書いたものと断定できたわけですが――」

吉牟田刑事が、いくらか抗議する調子でいったが、ポワロは、微笑しただけだった。

「その筆跡と指紋は、どこで調べられたんですか？」

「勿論、この部屋から得たものです。指紋は、この部屋にいくらでもありましたし、筆跡の方は、このマンションを買った時の契約書の署名もありましたし、彼の書いたメモも、この部屋から見つかっています」

「それだけのわけですな」

「それだけ？」

「全く別の人間が、村越克彦と名乗ってマンションを買い、ここで事件を起こしたのかも知れないということですよ。ムッシュー・ヨシムダ」

「しかし、村越克彦の故郷が徳島だということも、わかっているんですが――」

「それも、あなたが確められたわけではないでしょう？」

「ええ。誰かに聞いたのです。村越克彦については、われわれより皆さんの方がよくご存知の筈ですからね。ええと――確か、佐藤大造さんが、徳島といわれたんですよ」

吉牟田刑事が、大造の顔を見ると、ポワロも、光る眼を大造に向けた。

「ムッシュー・サトウ。あなたは、村越克彦のことをよくご存知ですか？」

ポワロがきくと、大造は、急に自信のないような眼になって、

「そう聞かれると困るのだが、実をいうと、わたしも、村越克彦のことはよく知らんのだ。とにかく、神崎君に頼んで、三億円事件の犯人に似ている男を探して貰っただけだからね。神崎君が、モデルとして条件の揃った男が見つかったというので、それを頭から信用しただけだからね。本籍が徳島というのも、神崎君の報告にそうあっただけでね。わたしが別に調べたわけじゃないのだ」

「すると、ムッシュー・カンザキは、村越克彦について、詳しいことをご存知なわけですな？」

ポワロは、大造から神崎五郎に眼を移した。神崎の口元に、当惑したような笑いが浮んだ。

「実は私も、知り合いの探偵に頼んだのですよ。私には、そんな才能がありませんからね。彼の見つけてきた男が、村越克彦だったわけです。彼の報告によれば、われわれが必要としている条件を全て満しているように思えたので、私は、村越克彦を採用するよう佐藤大造氏に進言したわけです」

「その探偵の名前は？」

と、吉牟田刑事が口を挟んだ。神崎がサングラスの奥で苦笑した。

「大田黒という興信所の人間ですが、今、丁度、東南アジアの旅行に行っている筈です」

「すると、その人が旅行から戻って来ないと、正確なことはわからんことになりますねえ」

吉牟田刑事が、困ったなというように顔をしかめると、ポワロは、笑って、「その必要はありませんよ」と、いった。

「何故です？」

「何故？　理由は簡単です。明らかに、ムッシュー・カンザキは嘘をついているからですよ」

「私が嘘をですって？」

神崎の顔が、赧くなった。ポワロは、大きく肯いた。

「その通りですよ。ムッシュー・カンザキ」

「何故、嘘だと決めつけるんです？　大田黒という探偵はちゃんといるし、東南アジアに出かけたことも事実ですよ。嘘だと思うんなら、警察が調べてくれたらいい」

「確かに、そういう人物は実在するでしょうな。東南アジアに旅行中というのも事実と思いますよ。だが、私は、あなたが嘘をついていると断定せざるを得ないのですよ」

「だから、何故です？」

「あなたは、今度の事件で探偵の役を演じられた。村越克彦の監視役をね。それも、一点非の打ちどころのない活躍ぶりでした。それだけでなく、あなたは、村越克彦に三億円を奪わせるお膳立てもやってのけたのですよ。しかも、自信満々にです。あなたが、私たちを前にしてなさった演説はよく覚えていますよ。あなたの活躍は、一級品の探偵と称しても差しつかえない。このエルキュール・ポワロでも、あれほど完璧な活躍はできないと思いますな。それなのに、今、あなたは、自信がないので、モデルの選択を知り合いの探偵に頼んだとおっしゃった。非常に不自然ですな。あれだけの自信をお持ちなのに、一番大事なことを他人に頼むというのは。だから、私は、嘘をついていると断定せざるを得ないのですよ」

「証拠はありませんよ」

「確かにありません。だが、これから、それを証明してお見せしますよ」

ポワロは、楽しそうにいった。

「証明して見せて欲しいですね」

神崎は、挑戦的ないい方をした。ポワロは、軽く咳払いをした。

「私が最初にムッシュー・カンザキに疑いの眼を向けたのは、あまりにも完璧な監視ぶりからです。彼は、ただの一度も、村越克彦の尾行に失敗しませんでした。それどころか、尾行の途中で、悠々と報告まで入れてくれたのです。考えてみて下さい。平凡なサラリーマンを尾行するのとは違うのです。相手は、三億円を奪って、絶えず周囲の眼を気にしている人間なのです。そうした人間を、あのように完璧に尾行し監視することは、奇跡に近いことです。それにもう一つ。私たち四人の探偵が、村越克彦の行動を推理した時のことを思い出して頂きたい。四人の推理は、全て適中して、私たちの自尊心を大いに満足させてくれました。しかし、私は、内心、あまりにも適中しすぎることに、疑問を感じていたのです。この疑問は、他の三人の探偵の方も、私と同じように感じられていたのではないかと思う。この二つの疑問に対する答は一つしかありません。ムッシュー・カンザキが、村越克彦だということです」

4

「馬鹿らしい」

神崎が、吐き棄てるようにいった。が、ポワロは、平然と言葉を続けた。

「ムッシュー・カンザキは、賢明にも、村越克彦と顔を合せるのはまずいことを、私たちに信じ込ませました。だから、二人が同時に私たちの前に現われることが一度もなかったことを、不自然と思われなかったのです。特に、このマンションに移ってからは、村越克彦に顔を見られてはまずいということで、ムッシュー・カンザキは殆ど部屋に閉じ籠っていました。その間、村越克彦の役を演じていたとしても、私たちは気づかなかったでしょう。それにムッシュー・サトウは、彼には俳優の素質があるといわれた」

「一寸待って下さい」

と、今まで黙っていた三島が口を挟んだ。

「一人二役というのは、確かに面白い考えだと思います。神崎さんが、村越克彦になりすましていたとしても、僕たちが気がつかなかったということも十分にあり得ます。何しろ、僕たちは、神崎さんについても、村越克彦についても殆ど知らないんですから。ただ、金城ゆり子さんを上手く欺すのは難しかったんじゃないでしょうか？」

「いや。彼女を欺すことの方が簡単だった筈ですよ。何故なら、彼女は神崎五郎について全く知らないのだから、二人を比べることができない。違いますか？　ムッシュー・ミシマ」

「しかし、事件のあった日の午後のことを考えて下さい。あの時、神崎さんはロビーにいて、その間、僕は、五〇五号室で村越克彦と金城ゆり子さんの会話を聞いたんです」

「テープレコーダーという文明の利器のあるのを忘れているようですな」

「しかし、あの時、彼女は部屋に残っていた筈です。村越克彦がいなくて、テープレコーダーが回っていたら、当然、変に思う筈ですが？」

「その疑問には、私が答えよう」

メグレが、ゆっくりといった。

「あのパーティが始まる前、確かにムッシュー・カンザキは長いことロビーにいた。その間、マドモアゼル・ユリコは一人だった。だが、思い出して頂きたいのは、あの夜、彼女が顔色が悪く、ひどく眠そうだったことです」

「そうよ。あのパーティの時、眠くって眠くって。とうとうロビーで眠っちゃったけど」

金城ゆり子が、大きな声でいうと、メグレは、満足そうに肯いた。

「恐らく、あの時、マドモアゼル・ユリコは、睡眠薬を飲まされていたのだと私は思いますね。だから、村越克彦が部屋から消えても気がつかなかったのだろうし、テープレコーダーが回っている時は、眠っていたのだと思う。逆にいえば、彼女に睡眠薬を飲ませて眠らせてから、テープレコーダーを回したに違いない。ムッシュー・カンザキが、村越克彦だというムッシュー・ポワロの考えには、私も賛成ですが、私が、その確信を持ったのは、ムッシュー・ポワロのような理詰めの推理からではありません。漠然とした疑惑は、勿論持っていました。私は、その疑惑を確めるために、ムッシュー・カンザキに、東京を案内して貰ったのです。私たち西洋人には、日本人の顔は、みんな同じように見えます。その上、ムッシュー・カンザキは、サングラスをかけ、顎ひげを生やしています。まさか、サングラスを取り、ひげを引っ張ってみるわけにはいきません。もし間違っていたら、重大な侮辱になりますからね。ですから、私は、東京見物を名目にして、ムッシュー・カンザキに歩き廻って貰ったのです。人間には歩き方にそれぞれ個性があります。片足を引きずるような歩き方、右か左か片方の肩を持ち上げるような歩き方、内股、外股と様々です。私は、ムッシュー・カンザキと歩きながら、8ミリフィルムで見た村越克彦の歩き方と比べていたのです。そして、東京見物が終ったとき、私は、ムッシュー・カンザキが村越克彦と同一人物だと結論せざるを得なかったのです」

5

吉牟田刑事は、内心で、「あッ」と思い、メグレが、あの大事なときにのんびりと東京見物などしていた理由がのみ込めたが、それでもなお、ポワロやメグレの言葉を、全面的に信じる気にはなれずにいた。

「しかし、何故、神崎さんがそんな真似をしたと思われるんです？」

「勿論、理由は一つしか考えられませんな」

と、ポワロは、断定的にいった。

「金です。ムッシュー・サトウから三億円事件解決のための奇妙な話を持ち込まれたとき、彼は、三億円を自分のものにすることを考えたに違いありません。ムッシュー・サトウに対して、自分が常に命令される立場にあることから、復讐心もいくらか働いていたかも知れませんな。そして、彼は、ムッシュー・サトウの命令どおりに動いているように見せかけて、村越克彦という架空の人間を作りあげたのですよ」

「しかし、それなら何故、身代りの人間を殺す必要があったんです？」

「村越克彦は架空の人間です。いつまでも一人二役は演じてはいけません。綱渡りのようなものですからな。村越克彦を消してしまわなければなりません。それと同時に、三億円の金が消え失せれば、村越が金を持って逃げたと思われるから一番都合がよろしい」

「じゃあ、何故、そうしなかったんです？」

「出来なかったのですよ。理由は二つあります。第一は、ムッシュー・カンザキ自身が村越の監視役だったことです。村越と三億円が同時に消え失せたら、自分の責任になりますよ。第二は私たち四人の探偵の存在です。いずれも世界的な名探偵です。村越と三億円が同時に消え失せたら、それを素直に信じるかどうか、自信がなかったのではないですかな。だから、少しひねった手段をとったのだと思いますね。殺人事件を引き起こすという」

「しかし、死体が別の人間だということは、すぐわかってしまう筈ですよ。現にわかってしまったじゃありませんか？」

「その通りですよ。ムッシュー・ヨシムダ。わかることも、計算ずみだったのですよ。だから、あの手紙を警視庁宛に出したのです。罠は二重三重に張られていたのです。身代りが殺され、あの手紙があれば、誰もが、金城ゆり子さんを犯人と考える。それを狙ったに違いありません。現に、日本の警察は、マドモアゼル・ユリコを犯人と断定しましたからな」

「しかし、あの盗聴テープはどうなるんです？」

「ああ。あのテープですか」

ポワロは、クスクス笑った。

「何が可笑しいんです？」

「あのテープは、何の意味もありませんよ」

「意味がないですって?」

「その通りです。マドモアゼル・ユリコをのぞく全員が、この部屋に盗聴マイクが仕掛けてあるのを知っていたからですよ。彼女以外の人間が犯人なら、自分に不利な音や会話を残す筈がない。だから、私や他の三人の探偵は、盗聴テープに最初から関心を示さなかったのですよ」

「しかし、テープには、殺人の模様が録音されていたのですよ。あれをどう解釈するんです?」

「テープレコーダーですよ。テープレコーダーに、あらかじめ吹込んでおいたものを、あの部屋に置いて回しておいたのですよ。それが出来るのは、村越克彦だけです。何故なら、彼の声を吹き込んでおかなければならないからです。その点からも、マドモアゼル・ユリコの無実は証明されるわけです」

「しかし、死体が発見されたとき、この部屋でテープレコーダーが見つかりましたか?」

「いや」

「じゃあ、あなたの推理は間違っていることになるじゃありませんか?」

「この部屋の椅子が、一つだけ妙な位置にあったことを思い出して頂きたいですな。

このエルキュール・ポワロが断言しますが、あの椅子は、テープレコーダーをかくすために、斜めにずらしてあったに違いありません」

「じゃあ、何故、その椅子のかげに、テープレコーダーがなかったんです？」

「ドアをあけて、皆がこの部屋に飛び込んだとき、犯人が素早く拾い上げてしまったからです」

「しかし、テープレコーダーを持っていれば、誰かが気がつきませんか？」

「いい質問です。私もその疑問を持ったからこそ、アキハバラの電機商店を見て廻ったり、デパートの下着売場でネグリジェやパジャマを調べたのですよ。エルキュール・ポワロとしては、あまり楽しい調査ではありませんでしたがね。この部屋で死体が発見されたとき、午前三時という時間のせいで、皆寝巻姿でした。突嗟にテープレコーダーをかくしたとすれば、パジャマかネグリジェかガウンの下に押し込んだとしか考えられない。果して、それが可能かどうか調べたのです。結論は、可能でした。日本の優秀な電機メーカーは、葉書大のテープレコーダーを市販していたからです。あれなら、男のパジャマの下に押し込んでかくすことが十分に可能です」

6

「どうも息苦しくなってきたね」

大造が暗い顔でいった。

「ここで一息入れて、もっと冷静に考えてみようじゃないか。わたしには、どうしても友人の神崎クンが、そんな大それたことをしたとは考えられんのだ」

「一息入れるのは、僕も賛成ですよ。きっと神崎さんも、反論がおありでしょうからね」

と、明智が、神崎を見た。

「勿論、反論はありますよ」

神崎は、ポワロに眼を向けて、強い声でいった。

「その前に、何か飲まして頂きたいですね。いきなり脅かされたんで、のどがカラカラですよ」

「冷蔵庫にコーラが入ってるわよ」

と、金城ゆり子が、立ち上ったのを、吉牟田刑事は、「私が持って来よう」と制した。

吉牟田刑事は、まだ金城ゆり子犯人説を完全に捨て切れない。その彼女にコーラを持って来させて、もし、毒でも入れられたら大変だと考えたのである。用心に越したことはない。

ダイニングキッチンの冷蔵庫には、コーラの瓶がズラリと並んでいる。まるで、コーラしか入っていないみたいだ。

ポワロとメグレは、ビールの方がいいといったが、吉牟田刑事がないというと、渋々コーラで我慢するといった。

コップが足りないので、コーラの瓶をそのまま皆に配って廻ったが、神崎だけは、どうしても、コーラはいやだといった。

「私は、体質的にどうしてもコーラが飲めないんです」

と、神崎はいう。仕方なしに、もう一度冷蔵庫をのぞいて見ると、奥に一本だけジュースの瓶があった。それを神崎に渡した。

吉牟田刑事は、コーラはあまり好きではない。半分ほど飲んで瓶を置いてしまったが、その時、神崎が、ポケットから白い錠剤を取り出してジュースに溶かすのを見た。思わず、「あッ」と叫んだが、その時にはもう、ジュースと一緒に飲み下してしまっていた。

白い錠剤は、他にも見た者がいたらしく、部屋の空気が急に固くなった。神崎も、それを感じたとみえて、ニヤッと笑うと、

「心配しないで下さい。毒薬じゃありません。単なる精神安定剤《トランキライザー》ですよ」

と、いったが、その笑顔が途中で急に凍りついてしまった。

苦悶の表情が走り、サングラスが顔から落ちる。金城ゆり子が悲鳴をあげた。神崎の身体がグラリと揺れて、椅子から転がり落ちた。ジュースの瓶が音をたてて割れた。

吉牟田刑事が、弾かれたように駈け寄った。が、床に倒れた神崎の身体は、もうピクリとも動かなかった。

「恐らく青酸カリだよ」

と、背後《うしろ》から明智がいった。

「そうらしいですね」

吉牟田刑事は、すでに死体になってしまった神崎のポケットを探ぐった。小さな薬瓶が入っていた。だが、空っぽだった。吉牟田刑事の顔に当惑の色が浮ぶ。これでは、錠剤の調べようがない。それでも、空の瓶と、割れたジュースの瓶を鈴木刑事に

渡して、検査を頼んでくるようにいった。

「自殺でしょうか？」

吉牟田刑事は、明智を見、それから、エラリーたちを見た。

明智は、吉牟田刑事の言葉をエラリーたちに通訳してから、「恐らく自殺だろうね」といった。

「錠剤が一粒しか入っていなかったということが、何となく覚悟の自殺という感じがするからね。今日、自分が追いつめられるのを、予想していたのかも知れん」

「しかし、それにしても、青酸カリ入りの錠剤を持ち歩いているというのは、用心が良すぎるような気がするんですが――」

「神崎は、そういう男だったと僕は思うね。あの停電の時のことを考えればわかることだよ。あの停電が偶然だったかどうか、僕にもわからん。だが、いずれにしろ、神崎が、癇癪玉まで用意していたことに、僕は注目したいんだ。恐らく、この男は、そんな性格なんだな」

明智は、手を伸ばすと、神崎の顎ひげを引っ張った。サングラスは既に外れている。ひげがとれると、別の人間に変身したような感じだった。「村越クンだわ」と、金城ゆり子が、すっとん狂な声をあげた。

「どうやら、指紋を照合する必要もないようですな」

と、吉牟田刑事はいい、改めて、エラリーたちの顔を見た。

「皆さんは、やはり自殺だとお考えですか？」

「僕は自殺だと思うね。僕たちが少しばかり彼を追い詰め過ぎたからね。ただ、日本人が毒薬で自殺するというのが、一寸意外だった。『ニッポン扇の謎』事件で、僕が知った日本人というのは、男はハラキリ、女はのどを掻き切る、というのが自殺の方法だったからね」

エラリーが、昔をなつかしむようにいうと、金城ゆり子が、ふいにクスクスと笑い出した。ハラキリという言葉が可笑しかったらしい。それとも、エラリーの発音が可笑しかったのか。いずれにしろ、この若い娘には、ハラキリは無縁な行為なのだろう。

「私は、正直にいって、犯人が自殺してくれて、ほッとしましたよ。この国に来てまで、この手で殺人犯を逮捕したくはありませんからね」

と、メグレは、ぶぜんとした表情でいい、暗い眼で、死体を見た。いかにもメグレらしいいい方だった。

ポワロは、黙って肩をすくめただけだった。が、彼も、神崎五郎の自殺にぶつかって、ほッとしたものを感じているのは明らかだった。ポワロが解決したいくつもの事件をふり返ってみても、犯人に対して自ら裁く道を残しておいてやることが、最上の方法だという信念の持主であることは明らかだからである。ポワロにとって残念なことといえば、神崎に自殺の道を選ばせたのが自分ではないということぐらいであろう。

吉牟田刑事は、もう一度死体に眼をやった。その顔には、青酸死特有の反応が現われ始めていた。きれいなピンク色だ。馬鹿な男だと思った。殺人まで犯しながら、肝心の三億円は灰にしてしまい、一円も手に入らなかったのだ。ほんの短い間、豪華なマンションに住み、スポーツ・カーを乗り廻し、金城ゆり子という若いファッションモデルといい思いをしたとしても、死んでしまっては何にもならないではないか。

「馬鹿な男ですな」

吉牟田刑事は、誰にともなく、声に出していった。

「ずい分苦労したのに、折角手に入れた三億円を灰にしてしまうなんて、私には、馬鹿としか考えられませんがね」

「周到に計画を立てる人間に限って、詰らないミスを犯すものですよ。ムッシュー・ヨシムダ。だからたいていの犯人が逮捕されるのです」

ポワロは、微笑していった。

「しかし、ダスター・シュートが焼却炉につながっているのに気がつかずに、折角の三億円を灰にしたというのは、いかにも間が抜けているように思えるんですが」

「ムッシュー・ヨシムダ。あなたは、ダスター・シュートが焼却炉につながっているのを知っていましたか?」

「いや。知ってるわけがないじゃありませんか。ここに来たのは初めてなんですから」

「それなら、神崎五郎も条件は同じですよ」

ポワロは微笑し、視線を吉牟田刑事から佐藤大造に移した。

「ムッシュー・サトウ。神崎五郎は、ここに来るまで、どんな生活を送っていたんですか?」

「いい生活は送っていませんでしたな。それが気の毒になって、今度のことを頼んだんですが、情けが仇になったようで、当惑していますよ」

「どんなところに住んでいたか知っていますか?」

「安アパートです。ああ勿論、ダスター・シュートや焼却炉なんかないようなちっぽけなアパートですよ。いい男なんだが、昔からついてない男でしてね。それが、三億円を猫ばばするような気を起こさせたんだと思いますね。一生に一度ぐらいは、いい思いをしたかったのかも知れない。それなら、わたしが、金をやったのに」

大造は、暗い眼になって、最後は、呟くようないい方になっていた。

「これで納得がいきましたかな？」

と、ポワロは、吉牟田刑事を見た。

「初めてダスター・シュートを見た人間は、それが焼却炉に通じているなどとは、考えないものですよ。だから、彼はミスを犯してしまった。ただ、彼が頭の良さを示したのは、そのミスを巧みに利用して、罪を金城ゆり子になすりつけようとしたことです」

パトカーが何台も駈けつけて来て、その中の一台が神崎五郎の死体を運んで行った。部屋の中に、小さな空間がポッカリあいてしまった感じだった。

「これで、全て終ったんでしょうか？」

吉牟田刑事が、小さな溜息をついてから、四人の名探偵の顔を見渡した。

「だろうね」

と、明智小五郎が、短くいった。その顔にも、他の三人の探偵の顔にも、疲労の色が浮んでいて、彼等がもう若くないことを示していた。

「下へ行って、乾杯でもしようじゃありませんか」

大造が、皆の顔を見廻した。

「もう事件は終ったんですからな」

老いたる探偵からの手紙

〈親愛なるタイゾー・サトウ。

このような手紙を日本を去るに当って書かざるを得ないことは、遺憾でなりません。

私たちは、あの時点で事件が解決したものと考えていましたが、一抹の疑惑が心に残っていたことも事実であります。それは、犯罪そのものより、貴方の心理についてなのです。社会的に反響の大きかった事件の解決に私財を投げ出すという人間がいることを、不思議に感じたわけではありません。アメリカ人にはよくあるタイプですし、アメリカ人に似ているといわれる日本人の貴方が、あのような真似をされたことを別に不審とは受け取りませんでした。問題は、貴方が、三億円という大金を投げ出す理由として、どうせ相続税でとられるのだからといわれたことです。この言葉は、一見、至極もっともらしく聞こえました。しかし、一方では、それに反するような行動を貴方はとられた。第一に、三億円が灰になったとわかった時、貴方は殊更、怒り狂ったようなポーズをとられた。第二に、相続税の心配をされながら元気一杯で、あと二十年は元気のようなことをいわれたことです。このチグハグな感じが、私たちの心に疑問を残したのです。しかし、その疑問に答が見つからぬままに、離日しなければならない状態でした。もし、そうなっていたら、この手紙をしたためることもなかったでしょう。

ところが、離日当日の今日になって、二つのことが判明したのです。

その一つは、明智小五郎氏が、古い新聞の切り抜きを持って現われ、それを翻訳して聞かせてくれたことでした。氏が、それを単独で発表せず、まず私たち三人に見せてくれたのは、氏が、信義と友情に厚いサムライの子孫である証拠でありましょう。

その新聞には、数ヵ月前に日本で起きたある事件が記されてありました。日本銀行が、市中の金融機関から回収した古い札四十六億円を、ある製紙会社に依頼して、溶解させたが、その中の何万円かが、廃棄口から外に流れ出して大騒ぎになったという記事です。その製紙会社の名前が井崎製紙と知ったとき、私たちの頭にひらめいたのは、あの停電の原因を作った撮影会の責任者が、井崎製紙の坂西栄一という重役だったことです。

これは偶然でありましょうか？　ノーです。

この瞬間、私たちは、事件の真相に気がついたのです。

新聞記事によれば、日銀当局は、廃棄処分にした四十六億円は、札の全てに一センチ大の穴を数箇あけてあるので、たとえ溶解が失敗しても、使用できないから安心だと発表しています。しかし、灰にすることは可能です。

親愛なるタイゾー・サトウ。

貴方は、数ヵ月前のこの時、今度の事件を計画されたに違いない。

目的は税金です。それも、将来の相続税のことではなく、来年の税金を少くすることです。税務署に損失を認めさせればいいのです。それには、恰好の未解決事件がありました。三億円事件です。

貴方は、井崎製紙の坂西栄一に、四十六億円中の三億円を盗み出させたに違いありません。穴のあいた使い道のない札束でも、貴方には有効な使い道はあったのです。坂西にいくらの報酬を与えたのかは、わかりません。しかし、あのマンションの一室を提供するだけでも、坂西栄一は喜んで三億円を貴方に渡したに違いありません。何故なら、坂西にとって、その札束は一円の価値もないのですから。

用意が整ったところで、貴方は、私たちを呼ばれた。勿論、私たちに三億円事件を解決して貰いたいためではない。三億円が灰になったことを証言する証人にするためです。

全てが、貴方の計画どおりに進行した。貴方が三億円を失ったことは、私たち、警察、それに日銀の検査官までが証明した。恐らく来年の納税期には、税務署が大幅な控除を認めてくれることでしょう。

ここで、貴方の頭の良さにもう一つ触れないわけにはいきません。貴方は、証人として私たち三人と、明智小五郎氏を呼ばれた。これ以上の証人はいないでしょうが、同時に非常に危険な賭けでもあったわけです。何故なら、私たちが事件の真相を見破ってしまう可能性も十分にあったからです。

それを防ぐために貴方がとられた方法こそ、まさに天才的なものでした。貴方は、私たちの唯一の弱点を利用したのです。それは、明智小五郎氏を含めて、私たち全員が老いているということです。私たちも、老人特有の懐古趣味から逃がれることはできません。貴方は、巧妙にこの弱点を利用したのです。

貴方は、まず、私たちが解決した昔の事件を話題にした。それが前奏曲でした。そして、あのパーティでのクリスマス・プレゼントです。エラリー・クイーンには、ミニアチュアの車を贈って良き時代を思い出させ、エルキュール・ポワロには、テープレコーダーを贈って「アクロイド殺人事件」を思い出させ、メグレには火縄式ライターを贈って「男の首」事件を思い出させ、明智小五郎氏には、ワインとグラスを贈って「吸血鬼」事件を思い出させたのです。

こうして、私たちが十分に昔をなつかしむ気持になったところで、事件が起きました。

そして、あの事件そのものが、私たちの弱点を擽るように出来ていたのです。

まずシルクハットの消失。あれは、エラリー・クイーンに、はしなくも四十年前の「ローマ帽子の謎」事件を思い出させました。四十年前の事件でも、シルクハットの消失が最大の謎だったからです。今になってみれば、シルクハットが焼かれたのは、サイズが合わなかったからとは考えられなくなりました。ひたすら一つの目的、即ち、エラリー・クイーンを懐旧の念に落し込むためだったに違いないからです。

そして、ずらされた一つの椅子。あの椅子の配置こそ、ポワロが手がけた「アクロイド殺人事件」そのままだったのです。念の入ったことに、もう一つの椅子に、被害者が腰をかけた姿勢で、背中を刺されて殺されていましたが、それも、「アクロイド殺人事件」にそっくりそのままだったのです。四十年前のあの事件でも、ロジャー・アクロイドは、椅子に腰を下した姿勢で、背中を刺されて死んでいたのです。今度の事件で、死体がわざわざ椅子に腰かけさせられていたのは、明智小五郎氏が推理したように、四百万をかくすためではなく、ひたすらエルキュール・ポワロを、懐旧の思いに落し込むためだったに違いありません。

更に椅子から転がり出てきた四百万円の札束もまた、明智氏を、昔の事件の思い出に浸らせたに違いありません。何故なら、明智氏が昔手がけた多くの事件で、椅子の中から死体や札束が出てきているからです。従って、あの四百万は、明智氏を懐旧の念に落し込むために、椅子にかくされていたに違いありません。

もう一つ、三億円が灰になっていたことが、メグレに、犯人の異常心理と映りました。金が目的ではなく、犯人は異常な動機を持っているのではあるまいか。その疑問が、メグレに、同じような異常な犯罪にぶつかった昔を思い出させたのです。

かくして、私たちは、懐旧の情にドップリと浸かりながら、事件の解決に当ることになったのです。鉾先が鈍るのが当然です。私たちの推理どおりに事件が解決したかに見えたとき、私たちは十分に満足してしまったのです。

何と巧妙な心理的トリックだったことでしょう。貴方に敬意を表さずにはいられません。

しかし、今、私たちは、真相を知りました。

ここまで来て、最初に記した二つの中のもう一つの事実に触れないわけにはいきません。

それは、私たちに花束を持って来てくれた金城ゆり子嬢の証言です。彼女は、あの部屋の冷蔵庫にジュースの瓶があったのはどうもおかしいというのです。村越克彦も彼女もコーラが好きで、コーラしか入れてなかった筈だというのです。

では、何故、ジュースの瓶が一本だけ入っていたのか？

答は簡単です。貴方が、共犯者の神崎五郎が追いつめられた時の用心に、青酸入りのジュースの瓶を入れておいたのです。

貴方は、神崎が、それを飲むことを知っていたのです。理由は簡単です。のどが渇いても、神崎はコーラを飲むことが出来ないからです。彼は、私たちの前で、村越克彦と別人であることを証明しなければなりませんでした。村越が好きだったコーラを飲むわけにはいきませんからね。これも心理的な罠です。

従って、神崎五郎がジュースに溶かした錠剤は、本物の精神安定剤《トランキライザー》だったに違いありません。何故なら、彼には、自殺する気はなかったに違いないからです。一粒だけしか残っていなかったのは、癖になるのを抑えるためだったか、或は、偶然あのとき一粒しか残っていなかったかのいずれかでしょうが、それは大したことではありません。どちらにしろ、ジュースを飲めば神崎五郎は死んだのですから。

最後に、停電について触れておきましょう。ここまでくれば、あの停電が偶然だったとは思われません。では、どうやって坂西栄一に合図したのか？　撮影会のあった部屋が貴方の部屋の真上だったことが一つのヒントを私たちに与えてくれます。恐らく窓の傍にロープを垂らしておいて貴方がそれを引っ張ることで合図を送ったのでしょう。何しろ緊縛写真を撮るということで、ロープはいくらでも用意されていた筈ですからね。

貴方は頭のよい方だ。だが、貴方の失敗は、三億円もの大金を誤魔化そうとされたことです。三億円を灰にするためには、殺人というショッキングな事件がなければ、皆を納得させられなかったことです。だから、貴方は殺人を犯した。替玉の渡辺孝二を、神崎五郎に殺させたのか、それとも、貴方自身が手を下したのかわかりません。だが、いずれにしろ、貴方は、一人は殺しているのです。神崎五郎を。

私たちは、これと同じ手紙を、既に日本の警察宛に投函してあります。従って、貴方がこれを読まれる頃には、貴方の廻りには警察の手が伸びている筈です。

では、ご機嫌よう。

〈老いたる探偵たちより〉

［対談］名探偵、トリック、そして本格ミステリー

西村京太郎
綾辻行人

綾辻　京太郎さんに初めてお会いしたのは、僕が京都大学の三回生だったとき。八二年の五月三日でした。

西村　よく覚えているねえ。

綾辻　そのとき『終着駅《ターミナル》殺人事件』にサインをいただいて、そこにその日付が。ＳＲの会というミステリーの愛好会の、三十周年記念大会があったんですね。

西村　そうそう。京都でね。僕と山村美紗さんと連城三紀彦さんがゲストに呼ばれたんだったね。

綾辻　僕は会員じゃなかったんですけど、大学の推理小説研究会の関係で誘われて、本物のミステリー作家に会えるというから喜んで駆けつけたんです。サインをお願いしたとき、「〝名探偵シリーズ〟が大好きなんです。また書いてください」っていったら、あまりはかばかしいお返事をいただけなくて。その後、僕が『十角館の殺人』で

デビューしてから、何かのパーティでお会いする機会があって、そこで同じことをいったら、「あれは売れないからねえ」って……。

西村　そうだっけ。それは覚えていないなあ。

綾辻　ですから、今日はとても楽しみにしてきたんです。なかなかゆっくりお話をうかがえる機会もありませんし。京太郎さんは六五年に『天使の傷痕』で江戸川乱歩賞を受賞されましたが、この受賞作のように、本格ミステリーの骨法を押さえつつシリアスな社会問題を真正面から扱った作品があるかと思えば、その一方で『消えた巨人軍《ジャイアンツ》』や『華麗なる誘拐』のように、奇想天外な大仕掛けで読者をぐいぐい引き込む作品もあります。デビューしてしばらくは、本当にいろいろなタイプの作品をお書きになっていますね。

西村　デビューしたばかりの頃は、何を書いたらいいのか、自分でもよく分からなかったんですよ。だから、とにかくいろいろなものを書いていました。『ある朝　海に』のように海洋ものだってあるんですから。

綾辻　そんな中で、〝名探偵シリーズ〟も書かれたわけですね。七一年の『名探偵なんか怖くない』が、その第一作にあたります。四人の歴史的名探偵を競演させたパロディ作品、という言い方をよくされますけど、パロディという言葉はあまり適当じゃないように思います。おふざけで書いた、みたいなニュアンスがどうしてもつきまといますから。ユーモラスな味はありますけど、原典を滑稽化するような手つきは見えませんし。既存の名探偵たちを使いつつ、大真面目に書かれた本格ミステリー、というふうに僕には読めました。

西村　そう。あれはね、真面目に書いた作品なんですよ。でも、あまり評判はよくなくて、そもそもタイトルがおかしいって、ずいぶんいわれました。誰にとって「怖くない」のか、って。

綾辻　え？　犯人にとって、ですよね。クイーン、ポワロ、メグレ、明智を相手にしても「怖くない」という。本格ミステリーはもともとお好きだったんですか？

西村　ええ、作家になる前から、いろいろな作家の作品をたくさん読みました。子供の頃はディクスン・カーとかエラリー・クイーンとか、早川書房や東京創元社から出ていた作品はほとんど読みましたよ。もちろん、その頃はまだ作家になろうなんて思っていなくて、純粋に、ファンの一人として読んでいたわけ。

綾辻　京太郎さんがお考えになる本格ミステリーの醍醐味とは、何ですか？

西村　犯人はいったい誰なのかなとか、いろいろと一生懸命考えながら、読んでいるじゃない？　そうすると、最後にね、ドスンと落とされる。その感覚が好きなんですよ。誰だったかな、確かカーだったと思うんだけど、すべての章の終わりに作者の言葉が書いてある作品があったんです。例えば、「君は、この男が犯人だと思っているだろうが、実は違うんだ」とかね。あれは面白い趣向だったね。
綾辻　あ、それは『九つの答』ですね。よりによってカーの中でもマニアックな作品名が出てきますねえ。そういう遊び心のようなものが、お好きなんですね。
西村　そうだね。ワクワクしてくる。

十津川警部のモデルがこの中に？

綾辻　『名探偵なんか怖くない』を書かれたきっかけは？
西村　講談社のある編集者から依頼があったんです。その頃、乱歩賞の受賞者たちは、あまり売れていなかったから、みんなで書下ろしを出しましょうと。それで、僕に何を書きますかっていってきたんですよ。僕は全く決めていなかったんだけど、ついい、名探偵がたくさん出てくるものなんてどうですかねっていったら、ああ、それは面白いということになっちゃって……。でも、そんな作品を書くとなると、過去の作品をあれこれと読まなくちゃいけなくて、それが大変でね。中には、もう絶版になっていて、探すのも大変という作品もあったりして、でも、とにかく見つけて、片っ端から読んでいったんですよ。

綾辻　四人の名探偵の人選はどのように？

西村　一番有名だった四人にしたんです。ちょうど同じ時代に活躍したのが、クイーン、ポワロ、メグレ、明智だった。ところが、いざ書こうと思ったら、細かいところが分からない。例えば、綾辻さんは、メグレ警部がどこに住んでいるか、知ってる？

綾辻　いえ、いきなり尋ねられても分かりません。

西村　熱心なメグレファンだって、普通はそこまで知らないんですよ。いろいろと読んだら、リシャール・ルノワール大通りのマンションに住んでいると書いてあった。それ一つを発見するために、もう、ものすごい数の本を読まなくちゃいけない。本を横に積み上げてノートにメモをとりながらですから、これはしんどくて、いやだなあ、とんでもないものを書くっていっちゃったなあと、正直いって少し後悔しましたよ。でも半面、発見した時は楽しくてね。それで、続けて四冊も書いちゃったんです。

綾辻　四人の中ではやっぱりメグレがお好きなんですね？　クイーンはあまりお好きじゃないように見えますが。

西村　そうだね。クイーンは嫌いというわけではないけど、派手というか大きな声を出す印象があって、やっぱりアメリカの探偵という感じがしますね。そういう点では、メグレというキャラクターが日本人向きですよ。

綾辻　若い頃のクイーンには、そういう一面もありますね。けっこう女好きだったりもするし（笑）……。十津川警部の原型は、やはりメグレなんですね？

西村　確かに、十津川はメグレに近いかもしれないね。

綾辻　〝名探偵シリーズ〟をお書きになるとき、メグレものをまとめて読まれたことが、後々役に立っているとか。

西村　いや、どちらかというとメグレは映画の方をよく見たんですよ。ジャン・ギャバンが演じたものが、僕は好きだったんです。その影響を受けているのは間違いないかもしれないね。

綾辻　それにしても、改めて読むとこの四人のキャスティングは絶妙ですね。七〇年代前半というのは、老齢にさしかかった四人が同時代人として集合できる、ぎりぎりの時期でもあったわけです。

西村　ホームズだと時代が少し古すぎますしね。あの頃はまだ馬車の時代でしょう？　七一年当時から見ても、ちょっと古すぎてテンポが合いません。

綾辻　発表後の反響はいかがでしたか？
西村　誉《ほ》めてくれた人は少なかったですね。ある批評家には「面白いことは面白いんだけど、出てくる名探偵がみな、人形に見える」と書かれちゃいましたよ。僕としては、ちょっと心外だったんですけどね。
綾辻　「人間が描けていない」というお決まりの文句ですね。今回、京太郎さんとお会いできるので、久しぶりに〝名探偵シリーズ〟四作をまとめて読み返してきたんです。僕は昔から、二作目の『名探偵が多すぎる』が一番好きだったんですけど、続けて読むと、本当に毎作、盛りだくさんの趣向を凝らしておられることに感心しました。作を追うにしたがって、名探偵たちのキャラもどんどん立ってきますし……。京太郎さんご自身は、四作の中ではどれがお好きなのでしょうか？
西村　それぞれ愛着があるけど、やっぱり『名探偵に乾杯』かな。
綾辻　一番マニアックな作品ですね。クリスティーの『カーテン』を読んでいないと理解できない、という。
西村　本格ミステリーのファンなら、少なくとも代表的な作家の代表作ぐらいは読んでいると思っていたんですよ。
綾辻　『カーテン』は、出たときすごく話題になりましたしね。僕もリアルタイムで読んでいて、そのあと『名探偵に乾杯』を読んで「おお」と唸《うな》ったくちでした。

西村　あれって、決して出来はよくなかったでしょ。僕はどうも納得できなかったのね。だから『名探偵に乾杯』を書いたんです。書き終わって思いました。「クリスティーに勝った」って（笑）。

綾辻　最近の若者は、どのくらいの人が読んでるんでしょう？　気になりますね。

西村　古典作品は、あんまり読んでいないんじゃないかな。それは、何も若い読者だけじゃなくて、若い作家だって、読んでない気もします。

「ミステリー」が売れない時代に

綾辻　日本のミステリーでは、どのあたりを愛読されていたんですか？

西村　（江戸川）乱歩さんのものをずいぶんと読みましたよ。一番好きだったのは『パノラマ島奇譚』かな。ある種、男の夢みたいなものが書いてあるからね。

綾辻　明智は出てこない作品ですね。

西村　あとは「押絵と旅する男」。あれっ、これも明智は出てこないか。乱歩さんがすごいと思うのは、今読んでも古臭くないということだね。だから、いつまでも読まれ続ける。横溝（正史）さんも文章はうまいけど、さすがに、今読むと、ちょっと古くなっちゃってる部分があるように思うね。

綾辻　乱歩さんのほうが現実から足が離れていた分、古びないところがあるのかもしれませんね。横溝作品も、僕は決して古びてはいないと思いますけれど。

西村　あと、あの有名なトリックがあるじゃないですか。日本家屋の密室でどうやって殺人が起きたかっていうやつ。

綾辻　『本陣殺人事件』ですか？

西村　そう。ああいうトリックは面倒なんで、あまり好みじゃないんですよ。

綾辻　トリックの種類にもお好みがあるんですね（笑）。

西村　作家になりたての頃はね、ミステリーには、必ずトリックを入れなければいけないものだと思い込んでいたんです。だから、苦心して入れたりしていたんです。ところが、あるとき、ミステリーだからといって、必ずしも大掛かりなトリックを入れる必要はないんだと思って、そうしたら、気が楽になったね。

綾辻　おっしゃっているのは、おもに物理的なトリックですね？

西村　そう。山村美紗さんなんて上手だったからね。いつもトリックを考えていた。一日にひとつとか思いついて、すごい、僕には出来ないなと思いましたよ。

綾辻　一日にひとつ、というのはすごいですねえ。その後、京太郎さんはトラベルミステリーで大ブレイクされました。転機となったのはやはり、『寝台特急《ブルートレイン》殺人事件』だったんですね？

西村　そうですね。僕がデビューをした頃はね、「推理小説」とか「ミステリー」とかいうだけで、売れない時代だったんですよ。その少し前はミステリーブームといわれた頃もありましたが、ただし、売れているのは（松本）清張さんとか、黒岩（重吾）さんとか、梶山（季之）さんとか一部の作家だけで、一般的にはブームといえるような状況じゃなかったんですよ。その後、森村（誠一）さんが売れて、各出版社が、やっとミステリーを積極的に売り始めたんです。当時、僕はお金がなくて探偵社に勤めようと思って試験を受けたことがあるんですよ。そこで出題されたのが、森村さんの乱歩賞作品のトリックだったりしてね。

綾辻　『高層の死角』の？

西村　そうそう。他にもシナリオライターになろうと思って新人賞に応募したこともありました。でも僕は落ちちゃって、当選したのがジェームス三木さんだったとか。

綾辻　『寝台特急殺人事件』以降は、もっぱら十津川警部の活躍するトラベルミステリーを書き続けて、絶大な人気を博しておられます。鉄道は、もともとお好きだったんですよね。

西村 ええ、もちろん、好きでしたよ。

綾辻 じゃあ、どうして最初から鉄道ミステリーを書かれなかったのでしょう？

西村 鉄道はね、遊ぶもので、書くものではないと、ずっと思っていたんですよ（笑）。

綾辻 それを書いてみようと思われたきっかけというのは？

西村 これも、いってみればたまたまでね。さっきもいいましたが、僕はデビューしてからしばらく、そう十年くらいだったかな、ずっと売れなかったんです。〝名探偵シリーズ〟のような本格ミステリーを書いても、マニアは全国に八千人しかいないといわれちゃって。ただ、逆にいうとそれだけは見込めるなんて励まされたり。それであるとき、編集者の一人が、とにかく何でもいいから売れるものを書け、そのためには、まずあらすじを見せてくれ、それが面白かったら、書かせてあげるよっていったんです。それで、ふたつプロットを作って持っていったんです。そのひとつが『寝台特急』。ちょうどあの頃、子供たちの間で鉄道ブームになっていたので、それをテーマにしたら売れるかもしれないなと思って。

綾辻 そういえば、京太郎さんがトラベルミステリーを書かれるときには、必ずひとつは、わざと鉄道関係のミスを残しておくという話を聞いたことがありますが。

西村　昔は、そんなことをいわれたこともあったね。そうしたミスを見つける楽しみというのは、ミステリーファンではなくて、鉄道ファンのものなんですよ。そうした人たちが、間違いを見つけると出版社に、ドッといってくる。その特急列車の右側にはトイレがないとか、その列車のヘッドマークをこう書いているけど、本当は違うとか、もう、実にいろいろなことをいってくるわけですよ。だから、校正刷りの段階で間違いを見つけても、編集者は「ひとつぐらいは、間違えたまま残しておきましょうよ。その方が、みんな喜びますから」なんて。昔はそんなものでしたね。

これが自選ベスト5

綾辻　〝名探偵シリーズ〟のようなものをまた書いてほしいという話は、編集者からは出なかったんですか？

西村　いや、全然出なかった。何しろ、売れなかったからね。

綾辻　確かにまあ、マニアックですからねえ。

西村　それに、書く方もしんどかったからね。四部作で、もう一杯一杯。あれ以上書くというのは、ちょっとね。

綾辻　全四作にしようという構想は、最初からお持ちだったんですか？

西村　いや、それはなくて、とりあえず一作書けといわれて書いたのが、もう一冊、もう一冊で、気がついたら四冊になっていたというのが、正直なところですね。

綾辻　四部作というと、クイーンに『Xの悲劇』『Yの悲劇』『Zの悲劇』『レーン最後の事件』の四部作があります。探偵役はクイーンではなくドルリー・レーンですが。書いていくうちに、それを意識されたりは？

西村　それはたまたまですよ。僕はみんながいうほど『Y』をすごいとは思わないんです。好みの問題ですが、犯人の意外性もちょっと……。でもあの最後の作品には驚いたね。まさかシリーズであんなことを考える人がいたとは。

綾辻　その意味では〝名探偵シリーズ〟も、四作目の『名探偵に乾杯』できれいに完結している感じですね。この続きを書けといわれても困るだろうな、とも思います。では最後に、ご自分の作品の中でお好きな作品を、そうですね、ベスト5を挙げていただけますか？

西村　そうだなあ。まず、映画にもなった『D機関情報』。それから、『殺しの双曲線』、もちろん、『寝台特急殺人事件』も好きだな。

綾辻　『殺しの双曲線』は最近久しぶりに読み直してみたんですが、やはり傑作だと思いました。クリスティーの『そして誰もいなくなった』への挑戦、ですよね。閉鎖された状況の中で連続殺人が進行する、いわゆる吹雪の山荘もの。自分の『十角館の殺人』と相通じる点がいくつも見つかって、今さらながら驚いたりもしました。

西村　クリスティーがすごいのは、彼女の作った作品の枠組みがどこでも通用するってことなんだよ。ある種のパターンを作り上げてしまった。舞台がイギリスでも日本でも、どこでも使える。

綾辻　『華麗なる誘拐』はどうですか？　傑作だと思うんですけど。

西村　ええ、もちろん好きな作品ですよ。

綾辻　トラベルミステリーでは、『終着駅殺人事件』じゃなくて『寝台特急殺人事件』なんですね。『終着駅』は推理作家協会賞を受賞された作品ですが、ご自身ではやはり『寝台特急』のほうが？

西村　そうですね。あと一作となると、『消えたタンカー』かな。これもある賞の候補になったんだけど、選考委員の一人から「あの作品には欠点がある。書いた本人も認めている」っていわれて、それで落ちちゃった。選考会の前に、その人から何か電話があったのは覚えているんだけれど、寝ぼけてて「そうです、そうです」なんていったみたいなんだよね。それで「本人も認めている」って。

綾辻　ははあ（笑）。

西村　しかし、綾辻さんも歳をとったねえ。

綾辻　はい、それはもう……。

西村　なんだか学生みたいな若いイメージしかなかったもんだからね、今日お会いして、ちょっと安心しましたよ（笑）。

二〇〇六年六月七日
西村京太郎氏自宅にて

本書は一九七七年八月に刊行された作品の新装版です。

新版《しんぱん》 名探偵《めいたんてい》なんか怖《こわ》くない
西村京太郎《にしむらきょうたろう》

2006年7月14日第1刷発行
2022年6月2日第6刷発行

発行者――鈴木章一
発行所――株式会社 講談社
東京都文京区音羽2-12-21 〒112-8001
電話 出版 (03) 5395-3510
販売 (03) 5395-5817
業務 (03) 5395-3615

Printed in Japan

講談社文庫
定価はカバーに
表示してあります

KODANSHA

デザイン―菊地信義
本文データ制作―講談社デジタル製作
印刷―――株式会社KPSプロダクツ
製本―――株式会社KPSプロダクツ

ISBN4-06-275459-2

講談社文庫刊行の辞

二十一世紀の到来を目睫に望みながら、われわれはいま、人類史上かつて例を見ない巨大な転換期をむかえようとしている。

世界も、日本も、激動の予兆に対する期待とおののきを内に蔵して、未知の時代に歩み入ろうとしている。このときにあたり、創業の人野間清治の「ナショナル・エデュケイター」への志を現代に甦らせようと意図して、われわれはここに古今の文芸作品はいうまでもなく、ひろく人文・社会・自然の諸科学から東西の名著を網羅する、新しい綜合文庫の発刊を決意した。

激動の転換期はまた断絶の時代である。われわれは戦後二十五年間の出版文化のありかたへの深い反省をこめて、この断絶の時代にあえて人間的な持続を求めようとする。いたずらに浮薄な商業主義のあだ花を追い求めることなく、長期にわたって良書に生命をあたえようとつとめるところにしか、今後の出版文化の真の繁栄はあり得ないと信じるからである。

同時にわれわれはこの綜合文庫の刊行を通じて、人文・社会・自然の諸科学が、結局人間の学にほかならないことを立証しようと願っている。かつて知識とは、「汝自身を知る」ことにつきていた。現代社会の瑣末な情報の氾濫のなかから、力強い知識の源泉を掘り起し、技術文明のただなかに、生きた人間の姿を復活させること。それこそわれわれの切なる希求である。

われわれは権威に盲従せず、俗流に媚びることなく、渾然一体となって日本の「草の根」をかたちづくる若く新しい世代の人々に、心をこめてこの新しい綜合文庫をおくり届けたい。それは知識の泉であるとともに感受性のふるさとであり、もっとも有機的に組織され、社会に開かれた万人のための大学をめざしている。大方の支援と協力を衷心より切望してやまない。

一九七一年七月

野間省一

講談社文庫　目録

濱　嘉之　新装版 院内刑事〈ブラック・メディスン〉
濱　嘉之　院内刑事〈フェイク・レセプト〉
濱　嘉之　院内刑事 ザ・パンデミック
濱　嘉之　院内刑事 シャドウ・ペイシェンツ
馳　星周　ラフ・アンド・タフ
畠中　恵　アイスクリン強し
畠中　恵　若様組まいる
畠中　恵　若様とロマン
葉室　麟　風渡る
葉室　麟　風の軍師〈黒田官兵衛〉
葉室　麟　星火瞬く
葉室　麟　陽《かげ》炎《ろう》の門
葉室　麟　紫匂う
葉室　麟　山月庵茶会記
葉室　麟　津軽双花
長谷川　卓　嶽《がく》神《じん》〈上・白銀《しろがね》渡り〉〈下・湖底の黄金〉
長谷川　卓　嶽神伝《がくじんでん》 鬼哭《きこく》(上)(下)
長谷川　卓　嶽神列伝 逆渡《さかわた》り
長谷川　卓　嶽《がく》神《じん》伝《でん》 血路
長谷川　卓　嶽《がく》神《じん》伝《でん》 死地
長谷川　卓　嶽神伝 風花(上)(下)
原田マハ　夏を喪くす
原田マハ　風のマジム
原田マハ　あなたは、誰かの大切な人
畑野智美　海の見える街
畑野智美　南部芸能事務所 season5 コンビ
早見和真　東京ドーン
はあちゅう　半径5メートルの野望
はあちゅう　通りすがりのあなた
早坂　吝《やぶさか》　〇〇〇〇〇〇〇〇殺人事件
早坂　吝　虹の歯ブラシ〈上木《かみき》らいち発散〉
早坂　吝　誰も僕を裁けない
早坂　吝　双《そう》蛇《じゃ》密室
浜口倫太郎　22年目の告白〈―私が殺人犯です―〉
浜口倫太郎　廃校先生
浜口倫太郎　AI崩壊
原田伊織　明治維新という過ち〈日本を滅ぼした吉田松陰と長州テロリスト〉
原田伊織　列強の侵略を防いだ幕臣たち〈続・明治維新という過ち〉
原田伊織　虚像の西郷隆盛 虚構の明治150年〈明治維新という過ち・完結編〉
原田伊織　三流の維新 一流の江戸〈明治は「徳川近代」の模倣に過ぎない〉
葉《は》真《ま》中《なか》顕《あき》　ブラック・ドッグ
原　雄一　宿命〈國松警察庁長官を狙撃した男・捜査完結〉
平岩弓枝　花嫁の日
平岩弓枝　はやぶさ新八御用旅(一)〈東海道五十三次〉
平岩弓枝　はやぶさ新八御用旅(二)〈中仙道六十九次〉
平岩弓枝　はやぶさ新八御用旅(三)〈日光例幣使道の殺人〉
平岩弓枝　はやぶさ新八御用旅(四)〈北前船の事件〉
平岩弓枝　はやぶさ新八御用旅(五)〈諏訪の妖狐〉
平岩弓枝　はやぶさ新八御用旅(六)〈紅花染め秘帳〉
平岩弓枝　新装版 はやぶさ新八御用帳(一)〈大奥の恋人〉
平岩弓枝　新装版 はやぶさ新八御用帳(二)〈江戸の海賊〉
平岩弓枝　新装版 はやぶさ新八御用帳(三)〈又右衛門の女房〉
平岩弓枝　新装版 はやぶさ新八御用帳(四)〈鬼勘の娘〉
平岩弓枝　新装版 はやぶさ新八御用帳(五)〈御守殿おたき〉
平岩弓枝　新装版 はやぶさ新八御用帳(六)〈春月の雛〉
平岩弓枝　新装版 はやぶさ新八御用帳(七)〈寒椿の寺〉
平岩弓枝　新装版 はやぶさ新八御用帳(八)〈春怨　根津権現〉

平岩弓枝　新装版 はやぶさ新八御用帳(九)〈王子稲荷の女〉
平岩弓枝　新装版 はやぶさ新八御用帳(十)〈幽霊屋敷の女〉
東野圭吾　放課後
東野圭吾　卒業
東野圭吾　学生街の殺人
東野圭吾　魔球
東野圭吾　十字屋敷のピエロ
東野圭吾　眠りの森
東野圭吾　宿命
東野圭吾　変身
東野圭吾　仮面山荘殺人事件
東野圭吾　天使の耳
東野圭吾　ある閉ざされた雪の山荘で
東野圭吾　同級生
東野圭吾　名探偵の呪縛
東野圭吾　むかし僕が死んだ家
東野圭吾　虹を操る少年
東野圭吾　パラレルワールド・ラブストーリー
東野圭吾　天空の蜂

東野圭吾　どちらかが彼女を殺した
東野圭吾　名探偵の掟
東野圭吾　悪意
東野圭吾　私が彼を殺した
東野圭吾　嘘をもうひとつだけ
東野圭吾　赤い指
東野圭吾　流星の絆
東野圭吾　新装版 浪花少年探偵団
東野圭吾　新装版 しのぶセンセにサヨナラ
東野圭吾　新参者
東野圭吾　麒麟の翼
東野圭吾　パラドックス13
東野圭吾　祈りの幕が下りる時
東野圭吾　危険なビーナス
東野圭吾　時《トキ》生《オ》〈新装版〉
東野圭吾作家生活25周年祭り実行委員会　東野圭吾公式ガイド（読者1万人が選んだ東野作品人気ランキング発表）
東野圭吾作家生活35周年実行委員会 編　東野圭吾公式ガイド〈作家生活35周年ver.〉
平野啓一郎　高瀬川
平野啓一郎　ドーン

平野啓一郎　空白を満たしなさい(上)(下)
百田尚樹　永遠の0《ゼロ》
百田尚樹　輝く夜
百田尚樹　影法師
百田尚樹　風の中のマリア
百田尚樹　ボックス！(上)(下)
百田尚樹　海賊とよばれた男(上)(下)
平田オリザ　幕が上がる
東直子　さようなら窓
蛭田亜紗子　凜
樋口卓治　ボクの妻と結婚してください。
樋口卓治　続・ボクの妻と結婚してください。
樋口卓治　喋る男
平山夢明　〈大江戸怪談どたんばたん（土壇場譚）〉魂《たま》豆《どう》腐《ふ》
東川篤哉　純喫茶「一服堂」の四季
東山彰良　流《りゅう》
東山彰良　女の子のことばかり考えていたら、1年が経っていた。
平田研也　小さな恋のうた
日野草　ウエディング・マン

講談社文庫 目録

2022年3月15日現在